इतती सी ख़ुशी

कहानी-संग्रह

सर्वेश यादव

REDGRAB books

redgrabbooks.com

रेडग्रैब बुक्स प्राइवेट लिमिटेड

942, मुट्ठीगंज, प्रयागराज-3 उत्तर प्रदेश, भारत

वेबसाइट - www.redgrabbooks.com

मेल - contact@redgrabbooks.com

प्रथम संस्करण रेडग्रैब बुक्स प्राइवेट लिमिटेड द्वारा 2021 में प्रकाशित

सर्वाधिकार टेक्सट : सर्वेश यादव 2021

सर्वाधिकार सुरक्षित : रेडग्रैब बुक्स प्राइवेट लिमिटेड 2021

कवर व टाइप सेटिंग : रेडग्रैब बुक्स आर्ट्स

ISBN : 978-81-95123-42-1

समर्पित

(माँ) श्रीमती शीला यादव
(पिता) श्री धर्मेंद्र यादव
के लिए

उनके लिए
जो अभावों में भी ज़िंदगी को
ख़ुशमिज़ाजी से जीते हैं।

भूमिका

प्रिय पाठकगण ! अपनी व्यस्त दिनचर्या में से समय निकालकर यह पुस्तक ख़रीदने और इसे पढ़ने का विचार बनाने के लिए आपका तहे-दिल से आभार।

अक्सर लोगों को यह कहते हुए सुनता हूँ कि मेरा फ़लाना चीज़ में इंट्रेस्ट है और मैं वही बनना चाहता हूँ लेकिन मेरे पापा या मेरा परिवार नहीं मानते। इस संदर्भ में मैं ख़ुद को भाग्यशाली समझता हूँ, मैंने आज तक ख़ुद को लेकर जो कुछ भी फ़ैसला किया मेरा पूरा परिवार: दादा जी, माता-पिता, अंकल-आंटी, भाई-बहन, बुआ और मामा सबने एकजुट होकर मेरे फ़ैसलों का समर्थन किया, जिसके लिए उन सबका तहे-दिल से शुक्रिया।

बचपन में हर पिता अपने बच्चे को उँगली पकड़कर चलना सिखाता है और जीवन के हर क़दम पर उसका साथ भी देता है। पढ़ाई करके सरकारी नौकरी पाने का ख़्वाब छोड़कर जब मैंने पापा से अभिनेता व लेखक बनने की इच्छा ज़ाहिर की तो उन्होंने मना नहीं किया बल्कि इस नये सफ़र को तय कैसे करना है उसका उन्होंने रास्ता दिखाया, मुझे अपने काम से प्रेम तथा मेहनत करना सिखाया। कब वो पिता से मेरे गुरु बन गये पता ही नहीं चला, पापा के लिए ढेर सारा प्यार।

माँ वो छोटा-सा शब्द है जिसके बारे में मैं लिख नहीं सकता। सुबह आँख खुलने से लेकर रात को आँख बंद होने तक माँ हमेशा साथ होती है, माँ का साया हमेशा साथ रहे।

कहानियाँ समाज का ही एक हिस्सा होती हैं, हर कहानी समाज के किसी न किसी पहलू के विषय में बात करती है। कुछ कहानियाँ वास्तविक होती हैं और कुछ काल्पनिक, परंतु हर काल्पनिक कहानी का कोई ना कोई वास्तविक पहलू अवश्य होता है। 'इत्ती-सी ख़ुशी' में उपस्थित कहानियाँ काल्पनिक तो हैं पर इनका आधार कहीं न कहीं वास्तविकता के इर्द-गिर्द मँडराता है। कुछ कहानियाँ हमसे प्रेम के विषय में बात करती हैं तो कुछ समाज में उपस्थित कुरीतियों के विषय में। कुछ कहानियाँ हमें सावधान करती हैं तो कुछ हमें सही दिशा दिखाती हैं। 'इत्ती-सी ख़ुशी' में उपस्थित कहानियों के माध्यम से हमने समाज के कुछ

मुद्दों को छूने की कोशिश की है पर उन मुद्दों के विषय में मैं उचित बात कर सका कि नहीं यह तो आप पाठकगण ही निर्णय करें और हमें ज़रूर बतायें।

तो आइये पढ़ते हैं 'इत्ती सी ख़ुशी' और मिलते हैं इसमें उपस्थित पात्रों से।

सर्वेश यादव

जौनपुर, उत्तर प्रदेश

Sarveshy1602@gmail.com

अनुक्रम

1
झालर वाली लाइट

"लगता है इस दिवाली भी मैं सबकी तरह अपना घर लाइट से नहीं सजा पाऊँगा।" बग़ल की दुकान पर लगी लाइट को देख अचानक छोटू का दिल बैठ गया। बर्तन धो रहे हाथ अचानक रुक गये, उस दुकान पर लगी टिमटिमाती हुई लाइट को देखकर चौदह साल के छोटू का मन जैसे उस टिमटिमाते हुए लाइट के साथ सफ़र करने लगा। तब तक हलवाई की कड़कती हुई आवाज़ उसके कानों में पड़ी-

"अबे चार बर्तन धोने में कितना वक़्त लगेगा?"

अचानक ही लाइट का ख़याल मन से ग़ायब हो गया, तेज़ी से प्लेट को धोते हुए वह बोला-

"बस हो गया है मालिक, अभी आया।"

छोटू ने फ़टाफ़ट सारे बर्तन धोये और लेकर दुकान में चला गया।

फिर वही प्याज काटना, आलू छीलना, टेबल साफ़ करना, झाड़ू लगाना शुरू हो गया। छोटू को देखकर ऐसा लगता है जैसे बचपन इसके नसीब में है ही नहीं, जिस उम्र में बच्चे खेलते हैं, मस्ती करते हैं, स्कूल जाते हैं, उस उम्र में छोटू के सिर पर ज़िम्मेदारियों का बोझ आ पड़ा है। और बातें .....बातें तो किसी सयानो से कम नहीं रहती हैं। पता नहीं बड़े लोगों के बीच रहते-रहते बोलना सीख गया या फिर राम ने उसे इस धरा पर सियाना बनाकर ही भेजा था ताकि जाते ही घर की ज़िम्मेदारियाँ सँभाल ले। छोटू कितनी भी सयानी बातें करता है, सयानो की तरह घर कि ज़िम्मेदारियों का बोझ उठाता है लेकिन दिवाली क़रीब आते ही एक बार फिर उसका सयानापन कहीं खो गया और बचपन फिर से मन में दौड़ पड़ा। पिछले तीन दिवाली से उसकी इच्छा है कि वो अपनी घास-फूस की बनी मड़ई को सबकी तरह झालर वाली टिमटिमाती लाइट से सजायेगा लेकिन किसी ना किसी कारणवश उसकी यह इच्छा अधूरी रह जाती है।

छोटू तीन साल पहले अपना गाँव छोड़कर दूसरे गाँव में आकर बस गया

था। जहाँ वो अपनी माँ और एक बहन के साथ घास-फूस की बनी एक छोटी-सी मड़ई में रहता है और वहीं पास के बाज़ार में एक हलवाई कि दुकान पर काम करके अपने परिवार का पेट पालता है। दिन भर काम करने के बाद छोटू को अपने मालिक से रोज़ाना 100 रु. मिलते हैं लेकिन वह सारे पैसे उसे अपनी माँ को घर चलाने के लिए देने पड़ते हैं।

2 दिनों से वह अपनी माँ से उन पैसों में से 20 रु. माँग रहा है लेकिन माँ नहीं दे पा रही। माँ भी क्या करे, वह भी विवश है, अगर वो छोटू को पैसे दे तो बाक़ी के रुपयों में घर का ख़र्च ना पूरा होगा। कल दिवाली है छोटू इस बार भी मन में यह बात बिठा चुका है कि हर बार की तरह इस दिवाली भी उसका घर सूना ही रहेगा।

शाम हो चुकी है मालिक गल्ले पर बैठा हिसाब कर रहा है, अचानक छोटू की नज़र मालिक की ओर पड़ी तो मालिक का हाथ नोटों से भरा हुआ है। दुकान के एक कोने में खड़ा छोटू यही सोच रहा है कि काश! इसमें से एक भी नोट मुझे मिल जाता तो मेरा घर इस दिवाली जगमगा उठता।

नोटों की गड्डी को घूरता हुआ, छोटू मालिक के क़रीब आ गया और डरते-डरते बोला-

''मालिक।''

''क्या है?'' मालिक ने घुड़कते हुए स्वर में कहा।

छोटू डरते हुए धीरे से बोला-

''मालिक, आज मुझे 50 रु. ज़्यादा दे सकते हैं क्या?''

इससे पहले कि मालिक कुछ कहता छोटू जल्दी-जल्दी से बोल उठा-

''कल मेरे पैसे में से काट लेना, नहीं तो मैं कल ज़्यादा काम कर लूँगा।

मालिक एकटक छोटू को देखता रहा और फिर नोट गिनते हुए बोला-

''क्यूँ बे एक्स्ट्रा पैसे का क्या करेगा?''

''कल दिवाली है ना मालिक, मैं भी अपनी मड़ई पर सबकी तरह झालर वाली लाइट लगाऊँगा।'' छोटू ने बड़ी मासूमियत से कहा।

उसकी बात सुन, मालिक ठहाके मारकर हँसने लगा।

छोटू, मालिक को हँसता हुआ देख ख़ुद भी रह-रहकर अनचाही मुस्कान अपने चेहरे पर ला दे रहा था।

अचानक मालिक ने कहा-

‘‘जा जाकर पहले बाहर वाले टेबल पोंछ दे।’’ यह कहते हुए मालिक फिर हँसने लगा। छोटू तपाक से झाड़ू नीचे रख कर टेबल साफ़ करने का कपड़ा हाथ में ले लिया और बाहर के सभी टेबल पोंछने लगा।

टेबल पोंछते वक़्त छोटू के मन में बार-बार यही ख़याल आ रहा था, ‘मालिक ने न तो ‘हाँ’ कहा और न ही ‘ना’, पता नहीं पैसे देंगे कि नहीं?’ फिर अचानक उसके मन में दूसरे विचार ने जन्म लिया, ‘अगर मालिक के दिये हुए काम को अच्छी तरह से पूरा करूँगा तो शायद मालिक ख़ुश होकर पैसे दे दें।’ यह ख़याल मन में आते ही छोटू जी-जान से सारे टेबल को चमकाने में लग गया, एक-एक कर उसने सारे टेबल साफ़ कर डाले।

मालिक अंदर से बाहर आया और आकर वहीं दरवाज़े पर खड़ा हो गया, वहीं खड़े वह छोटू को निहारने लगा। मन में एक विचार कौंध गया- ‘सिर्फ़ 50 रु. ही तो माँगे हैं इसने, बेचारा नन्ही-सी जान कितनी मेहनत करता है। दिवाली भी है क्यों ना इसे पैसे देकर इसकी ख़ुशियों का हिस्सा बना जाये।’

किसी बड़े का बड़प्पन तभी तक रहता है जब तक वह अपने से छोटों की ख़ुशियों और इज़्ज़त का ख़याल रखता है।

मालिक अंदर गया और 200 रु. का नोट लेकर बाहर आया और छोटू को अपने पास बुलाकर 200 का नोट उसे देते हुए बोला-

‘‘ले कल के लिए कुछ मिठाई और पटाखे ले लेना और हाँ अपनी वो झालर वाली लाइट ज़रूर ख़रीद लेना।’’

मालिक के हाथों से 200 का नोट थामते हुए छोटू की आँखें ख़ुशी से भर आयीं और वो उसे लेकर निहारने लगा। मालिक ने कहा-

‘‘क्या हुआ?’’

‘‘कुछ नहीं मालिक।’’ छोटू सकपका गया।

तुरंत वो फिर से कपड़ा लेकर अंतिम टेबल पोंछने आगे बढ़ा तो मालिक ने उसे मना कर दिया और कहा-

"तू घर जा और जाकर सब ख़रीद ले, मैं पोंछ देता हूँ टेबल।"

"नहीं! नहीं! मालिक मैं पोंछ के जाता हूँ।"

मालिक आगे आया और छोटू के हाथ से कपड़ा लेते हुए बोला-

"तू जा मैं कर लूँगा और हाँ कल दुकान पर मत आना, परसों से आना।"

मालिक की बात सुनकर छोटू ने 'हाँ' में सिर हिलाया और वहाँ से निकल गया।

वहाँ से सीधा छोटू लाइट की दुकान पर पहुँचा और रंग-बिरंगी लाइट लेकर घर की तरफ़ भागा। घर पहुँचते ही उसने अपनी दस साल की बहन को आवाज़ लगायी-

"मुनिया, मुनिया।"

भाई की आवाज़ सुनकर मुनिया बाहर आ गयी।

"क्या हुआ भैया?"

"देख मैं क्या लाया हूँ।" छोटू अपनी बहन को लाइट दिखाते हुए बोला।

"अरे झालर वाली लाइट!" यह कह मुनिया ख़ुशी से उछल पड़ी।

छोटू ने कहा-

"इस बार हमारा घर भी सबके घर की तरह जगमगायेगा।"

अगले दिन सबेरे से ही छोटू मुनिया के साथ साफ़-सफ़ाई में लग गया, उन दोनों ने पूरे घर की सफ़ाई की। माँ ने गाय के गोबर से पूरे मड़ई की पुताई की और शाम होते ही छोटू घर के चारों ओर झालर वाली लाइट लगाकर बिजली आने का इंतज़ार करने लगा। क़रीब एक घंटे के बाद बिजली आ गयी, छोटू फटाक से एक ऊँचे से डिब्बे पर चढ़कर जैसे ही बटन दबाया, घास-फूस की बनी मड़ई जगमगा उठी; यह देख मुनिया ख़ुशी से उछल-उछल के कहने लगी- 'हैप्पी दिवाली! हैप्पी दिवाली!'

छोटू वहीं खड़ा एकटक अपनी मड़ई को निहारने लगा। एक 50 रु. की झालर वाली लाइट ख़रीदकर छोटू उतना ही ख़ुश था जितना कि कोई पूरा महल ख़रीदने पर होता।

2
अंशः रेंज ऑफ़ मदर

सुमन अपने बेड पर लेटी छत की तरफ़ देखकर बस रोये जा रही थी, डॉक्टर की कही बातें उसके दिमाग़ में गूँज रही थीं। अचानक ही वह उठ बैठी और खिड़की पर आकर व्योम की गोदी में बैठे चाँद को देखने लगी। चाँद खुले आसमान में स्वछंद रूप से अपनी किरणों को पूरे धरा पर बिखेरने की कोशिश कर रहा था, लेकिन शहर की चकाचौंध में उसकी रौशनी धरती पर आते-आते रह जा रही थी। यह क्या, अचानक काले बादलों ने आकर उसे घेर लिया, चाँद पर काले बादलों के आते ही सुमन की नज़र वहाँ से हटी और उसकी निगाहें अपने पेट पर गयीं और वो वात्सल्य से अपने पेट को सहलाने लगी। तभी अचानक डोर-बेल बजी, उसने जाकर दरवाज़ा खोला तो देखा उसके पति राहुल जॉब से होते हुए उसकी पाँच साल की बेटी स्वरा को ट्यूशन से लेकर आये थे। दरवाज़ा खोलकर सुमन वहीं ठिठक गयी, राहुल अपने शू का लैस खोल रहा था और स्वरा इधर-उधर देख रही थी कि कब माँ हटे और मैं अंदर जाऊँ।

"हटो न मम्मा।" स्वरा सुमन के बग़ल से उसे हल्का-सा धकेलते हुए सोफ़े पर जाकर अपने बड़े से टेडी- बीयर से खेलने लगी। सुमन दरवाज़े पर खड़ी एकटक राहुल को देखे जा रही थी। जैसे ही राहुल ने शू निकालकर अंदर आना चाहा, सुमन ज़ोर-ज़ोर से रोने लगी और राहुल से लिपट गयी।

"क्या हुआ?" राहुल हड़बड़ा गया।

"सुमन क्या हुआ? तुम रो क्यों रही हो? कुछ तो बोलो हुआ क्या?" राहुल सुमन को संभालता हुआ बेडरूम में आ गया। उसे बेड पर बैठाकर भागकर किचन में गया और एक गिलास पानी ले आया।

"पहले शांत हो जाओ, एकदम शांत। पानी पियो फिर हम शांति से बात करेंगे।" राहुल ने सुमन के आँसू पोंछते हुए कहा।

फिर उसने अपने हाथों से ही सुमन को पानी पिलाया और उसे शांत कराया।

"रिलैक्सड?" राहुल ने पूछा।

"हम्म!" सुमन ने सिर्फ़ सिर हिला दिया।

"चलो बताओ, क्या हुआ?"

फ़्लैशबैक

"सुमन चौबे!" रिसेप्शनिस्ट ने आवाज़ लगायी।

"यस!" अपना नाम सुनते ही सुमन अपनी जगह पर उठ खड़ी हुई।

"जाइये! आपका नम्बर है।" रिसेप्शनिस्ट ने गाइनोलॉजिस्ट डॉ. मधु शर्मा के केबिन की तरफ़ इशारा करके कहा।

सुमन ने केबिन का दरवाज़ा खोला और अंदर चली गयी।

डॉक्टर ने सुमन को सामने वाली कुर्सी की तरफ़ बैठने के लिए इशारा करते हुए कहा-

"बोलिये, क्या प्रॉब्लम है?"

सुमन असहजता से उस कुर्सी पर बैठ तो गयी लेकिन वह अपनी बात कहने में झिझक रही थी। वह कभी अपने पैरों पर तो कभी इधर-उधर देखती हुई अपने एक हाथ में अपना दूसरा हाथ घुमा रही थी।

डॉक्टर उसके मन की झिझक को भाँप गयी।

"घबराइये नहीं, आप साफ़-साफ़ बताइये क्या बात है? डरने की कोई ज़रूरत नहीं है।" डॉक्टर ने उसे ढाँढस बँधाया।

सुमन अपने इधर-उधर देखते हुए बहुत धीरे से बोली-

"डॉक्टर मुझे एबॉर्शन करवाना है।"

"एबॉर्शन?" डॉक्टर ने अपनी त्यौरी चढ़ा ली।

डॉक्टर का रिएक्शन देख सुमन थोड़ा विचलित हो गयी- लेकिन फिर भी उसने हिम्मत करके कहा-

"हाँ डॉक्टर! एबॉर्शन।"

"सॉरी मैडम! आप ग़लत जगह पर आ गयी हैं।" डॉक्टर ने एक लंबी साँस छोड़ते हुए कहा।

सुमन डॉक्टर के इंकार को समझ चुकी थी। उसने बिना कुछ कहे वहाँ से चले जाने के लिए जैसे ही अपने पैरों पर थोड़ा दम लगाया, डॉक्टर ने फिर कहा-

''लेकिन आपको एबॉर्शन क्यूँ करवाना है?''

डॉक्टर के इस प्रश्न ने उसे एक बार फिर उम्मीद दे दी।

''जी मुझे सोनोग्राफ़ी में पता चला है कि मेरे पेट में जो पल रही है वो एक लड़की है, एन्ड ऑलरेडी आई हैव ए फ़ाइव इयरज़ ओल्ड गर्ल; अगर लड़का होता तो मैं ज़रूर...।'' सुमन ने जैसे एक उम्मीद में अपनी पूरी बात बतायी।

''आप करती क्या हैं सुमन जी?'' डॉक्टर ने एक हाथ से अपने चेहरे पर टेक लगाते हुए कहा।

''जी मैं एक बैंकर हूँ।''

''पता नहीं लड़कियों से आज के लोगों को इतनी प्रॉब्लम क्यूँ है। सुमन जी, आप और मैं भी तो एक लड़की ही हैं, आप एक बैंकर है, मैं एक डॉक्टर हूँ, क्या हम लोग वो काम नहीं कर रहे हैं जो लड़के करते हैं? अगर हमीं लोग लड़कियों से नफ़रत करने लगेंगे तो...।'' डॉक्टर ने थोड़ा खीझते और थोड़ा समझाते हुए कहा।

डॉक्टर की कही हुई बातें सुमन को एक बकवास-से लेक्चर के अलावा कुछ और न लगीं। वह चिढ़ते हुए बोली-

''देखिए डॉक्टर! मुझे एबॉर्शन करवाना है बस, अगर आप मेरा काम कर सकती हैं तो ठीक, नहीं तो शहर में डॉक्टरों की कमी नहीं है।

डॉक्टर समझ चुकी थी कि सुमन को समझाना इतना आसान नहीं है, वह अपने गले से स्टेथोस्कोप निकालकर सामने मेज़ पर रखते हुए बोली-

''देखिए सुमन जी यह हॉस्पिटल बच्चों को जीवन देता है, उन्हें मारता नहीं। लेकिन आपकी परेशानी मैं समझ सकती हूँ। यदि आप कुछ समय इंतज़ार कर सकती हैं तो मैं कुछ सोचती हूँ।''

''ठीक है डॉक्टर मैं बाहर इंतज़ार करती हूँ।''

यह कहकर सुमन बाहर वेटिंग रूम में आकर बैठ गयी, डॉक्टर अपने बाक़ी पेशेंट को चेक करने लगी। सुमन बार-बार घड़ी की तरफ़ देख रही थी, डॉक्टर की कही बात से उसे थोड़ी तसल्ली तो मिली थी लेकिन अभी भी उसके

मन में संशय था कि डॉक्टर पता नहीं क्या करने वाली है।

डॉक्टर ने सभी पेशेंट को चेक करने के बाद एक नर्स से सुमन को अपने केबिन में बुलवाया। सुमन एक बार फिर डॉक्टर के केबिन में थी और आशा भरी नज़रों से डॉक्टर के बोलने का इंतज़ार कर रही थी।

''तो सुमन जी आपको सिर्फ़ एक ही बेटी चाहिए?''

''हम्म।'' सुमन ने सिर हिलाते हुए कहा।

''देखिए आपने सोनोग्राफ़ी करवा लिया है, जो कि क़ानूनन जुर्म है। अगर आप एबॉर्शन करवाती हैं तो डॉक्टर और आप, दोनों क़ानूनी दाँव-पेंच में फँस सकते हैं लेकिन आप घबराइये नहीं मेरे पास इसके अलावा एक और सॉल्यूशन है, अगर आप कहें तो मैं बताऊँ?'' डॉक्टर ने कहा।

''यस डॉक्टर! ऑफ़कोर्स'' सुमन की आवाज़ में उत्सुकता साफ़ झलक रही थी।

''देखिए सुमन जी ऐसा करते हैं आपके पेट में जो 4 महीने की बच्ची पल रही है उसे रहने देते हैं और जो आपकी पाँच साल की बेटी है उसे मार देते हैं।'' डॉक्टर ने इतनी बड़ी बात को बेझिझक बहुत ही सहजता से कह दिया।

अपनी बेटी को मारने की बात सुनकर एक दफ़ा तो सुमन झेंप गयी, उसका चेहरा ग़ुस्से से लाल-पीला हो गया। लेकिन डॉक्टर अब भी लगातार बोले जा रही थी,

''बस एक इंजेक्शन देना होगा, बाक़ी जो भी होगा मैं सँभाल लूँगी।'' डॉक्टर ने जैसे अपनी योजना के पूरी तरह सफल होने के गारंटी पेपर पर मुहर लगाते हुए कहा।

''आप पागल हो गयी हैं डॉक्टर?'' सुमन के चिल्लाने से पूरा केबिन गूँज उठा।

सुमन सामने की मेज़ पर हाथ पटकते हुए खड़ी हो गयी थी, वह इतने ज़ोर से खड़ी हुई कि कुर्सी पीछे की दीवार में जा लगी।

इन सब बातों का डॉक्टर पर तनिक भी असर ना हुआ, जैसे वह पहले से आश्वस्त थी कि सुमन ऐसा ही कुछ करने वाली है। वह अपनी जगह पर सहजता से बैठी रही।

“क्या हुआ? सही तो कह रही हूँ, इसमें दिक़्क़त क्या है?” डॉक्टर ने व्यंग्यात्मक मुस्कान के साथ कहा।

सुमन अपने दोनों हाथ के सहारे डॉक्टर के क़रीब झुक आयी थी। उसने लगभग चिल्लाते हुए ही कहा-

“मैंने और राहुल ने अपनी बच्ची को इतने प्यार से पाला है, उसे इतना बड़ा किया है, उसे हल्की-सी भी खरोंच लगती है तो हमारी जान निकल जाती है और आप कह रही हैं कि उसे मार दो। वो मेरी जान है जान, वो मेरा अपना ख़ून है डॉक्टर।”

उसकी बात सुनते ही डॉक्टर का ग़ुस्सा पूरी तरह से फूट पड़ा-

“तो क्या आपके पेट में जो बच्ची पल रही है वो आपका ख़ून नहीं? क्या उस नन्ही-सी जान को ये प्यारी-सी दुनिया देखने का हक़ नहीं? आज आपको अपनी पाँच साल की बेटी की किलकारियाँ दिख रही हैं लेकिन जो नन्ही-सी जान आपके पेट में पल रही है आपको उसकी मुस्कान महसूस नहीं हो रही है? अरे, आप जैसी औरतें ही ‘माँ’ शब्द को कलंकित करती हैं। सदियों से पुरुष समाज लड़कियों को मारता आ रहा है, हम औरतों को उन्हें बचाना है। सोचो अगर वह नन्ही-सी जान इस दुनिया में आ जाये तो उससे आपका क्या बिगड़ जायेगा। आप जैसी औरतों को भगवान बच्चा ही ना दे तो अच्छा है।”

सुमन ग़ुस्से से डॉक्टर की बातों को सुनती जा रही थी, इससे पहले कि डॉक्टर अपनी बात ख़त्म करती अचानक ही वह तेज़ी से मुड़ी और दरवाज़ा खोलकर बाहर वेटिंग-रूम में आ गयी, वह ज़ोर-ज़ोर से रोने लगी। वेटिंग-रूम के रिशेप्सन पर बैठी सारी नर्सें उसे देखने लगी, इससे पहले कि उनमें से कोई उससे कुछ पूछता उसने वेटिंग-रूम में लगे शीशे के दरवाज़े को खोला और अपने आँसू पोंछते हुए अपनी कार में आकर बैठी और वहाँ से निकल गयी।

“डॉक्टर है कि हत्यारन, मेरी पाँच साल की बच्ची को मारने की बात करती है, इस बात की कम्प्लेन पुलिस में करूँगी ना तब इसको पता चलेगा।” सुमन कार चलाते हुए ख़ुद से ही बड़बड़ा रही थी।

सुमन घर पर पहुँची और बेड पर लेटी छत की तरफ़ देखकर बस रोये जा रही थी।

फ़्लैशबैक एंड

राहुल उसकी बातों को ग़ौर से सुन रहा था, सुमन की बात पूरी होते ही उसने एक लंबी साँस लेते हुए उसे अपनी बाँहो में भर लिया।

''शायद! सही ही तो कह रही थी डॉक्टर।'' राहुल ने धीरे से कहा। फिर सुमन के पेट पर हाथ सहलाते हुए बोला-

''क्या इस नन्ही-सी जान को यह प्यारी-सी दुनिया देखने का हक़ नहीं है? इसने हमारा क्या बिगाड़ा है। बस दुःख इस बात का है कि हम इतने पढ़े-लिखे होकर भी इस बात को न समझ सके।'' यह कहते-कहते राहुल की आँखों में भी आँसू तैर गये।

''सुमन कल सुबह हम डॉक्टर से मिलने चलेंगे।'' यह कह राहुल सुमन के बालों पर हाथ फेरने लगा।

अगले दिन सुबह-सुबह ही राहुल और सुमन, स्वरा के साथ डॉक्टर के पास पहुँच गये।

सुमन रिसेप्शनिस्ट के पास टोकन लेने खड़ी थी, रिशेप्सनिस्ट उसे इस तरह से देख रही थी जैसे कल की बात पूछना चाह रही हो मगर डर के मारे वह कुछ बोल नहीं पायी। सुमन टोकन लेकर राहुल के पास आकर बैठ गयी, कुछ देर बाद उसका नम्बर आया और वह अपने परिवार के साथ अंदर डॉक्टर के केबिन में चली गयी।

''ओह सुमन जी! आप आ गयीं? लगता है आप मेरी बात मान ही गयीं। फ़ाइनली, आप अपनी पाँच साल की बेटी को मार ही देना चाहती हैं?'' उसे देखते ही डॉक्टर ने एक बार फिर तंज़ कसा। लेकिन इस बार सुमन को तनिक भी गुस्सा न आया, वह अपने इस घिनौने अपराध की सोच पर बहुत शर्मिंदा थी।

''माफ़ कीजियेगा डॉक्टर, मैं ग़लत थी, अंजाने में मैं बहुत बड़ा अपराध करने जा रही थी। मैं इस बच्ची को नहीं बल्कि ख़ुद के मातृत्व को मारने जा रही थी, मुझे इस बच्ची को जन्म देना है डॉक्टर।'' यह कह सुमन वात्सल्य से अपने पेट को सहलाने लगी।

डॉक्टर अपनी कुर्सी पर बैठे-बैठे ही अपनी जीत पर मुस्कुराने लगी। वह जानती थी यह उसकी नहीं बल्कि उस मातृत्व की उस प्रेम की उस वात्सल्य की जीत थी जो आने वाले समय में सुमन के पेट में पल रही बच्ची को मिलने वाली थी।

‘‘थैंक्स टू यू डॉक्टर, आपने हमको एक अपराध करने से बचा लिया, नहीं तो हम अपने आपको कभी माफ़ नहीं कर पाते। बहुत ही कम डॉक्टर ऐसे होते हैं मैम, जो हम जैसे भटके हुए लोगों को सही रास्ता दिखाने की कोशिश करते हैं। आई वेलकम टू माई चाइल्ड इन दिस वर्ल्ड, मैं अपनी बच्ची को आप ही की तरह एक डॉक्टर बनाऊँगा।’’ राहुल के हाथ अनायास ही डॉक्टर के सामने जुड़ गये।

डॉक्टर अपनी कुर्सी से उठकर उनके सामने आते हुए बोली-

‘‘ये प्रॉब्लम सिर्फ़ आपकी नहीं है बल्कि हर उस नौजवान शादी-शुदा जोड़े की है जो फ़ैमिली प्लानिंग में एक से ज़्यादा लड़कियों को स्वीकार नहीं करते हैं, गर्भ में दूसरी लड़की की जानकारी मिलते ही उसे मार देते हैं। और इतने बड़े जुर्म को बड़ी ही आसानी से नज़रअंदाज़ भी कर देते हैं। अब आप ही बताइये अपने ही अंश की हत्या करना क्या ठीक है?

हमें फ़ैमिली प्लानिंग करनी चाहिए, ‘छोटा परिवार सुखी परिवार’ का स्लोगन हम बचपन से सुनते आ रहे हैं। आज हमारा मेडिकल साइंस इतना आगे पहुँच चुका है कि अनचाहे बच्चे से बचने के लिए हम अन्य तरीक़ों का भी इस्तेमाल कर सकते हैं। मैं तो दुनियाभर के डॉक्टरों से अनुरोध करूँगी कि वह ऐसे ग़लतफ़हमी में पड़े हुए युवाओं को समझायें, उन्हें इस घिनौने पाप से बचायें। हमने अक्सर लोगों को यह कहते हुए सुना है कि डॉक्टर भगवान का रूप होते हैं, तो हम डॉक्टरों को भी अपनी गरिमा का ख़याल रखना चाहिए। लोगों को शारीरिक ही नहीं, मानसिक रूप से भी स्वस्थ बनाना चहिए।’’

३
दरिया का पंछी

सुबह के नौ बजते ही अप्रैल माह का सूरज पेड़ों की झुरमुट से ऊपर आ तीखा हो गया था। खेतों में गेहूँ की कटाई कर रहे किसानों की रफ़्तार कुछ धीमी पड़ गयी थी, कुछ लोग घर की ओर भी निकल चुके थे। सरजू और उसकी पत्नी देवकी, लोगों की अपेक्षा धीमी रफ़्तार से गेहूँ की कटाई में लगे हुए थे। थोड़ी दूर सड़क पर एक ट्रक की हॉर्न सुनकर खेतों में काम कर रहे लोग अपनी जगह से ही गर्दन उचकाकर उत्सुकतावश देखने लगे। ट्रक एक जगह आकर रुक गया, एक के बाद एक लोग उसमें से उतरने लगे। ट्रक से लोगों को उतरता देख किसान भौंचक गये, देखते ही देखते ट्रक में से पचास से भी ज़्यादा लोग बाहर आ गये। खेतों में काम कर रहे लोग कटाई रोक उन्हीं पर टकटकी लगाये हुए थे।

"ई सब लोग कहाँ के हैं और कहाँ जा रहे है रे रमेशवा?" सरजू ने बग़ल के खेत में काम कर रहे एक नौजवान लड़के से पूछा।

"दादा, ई सब अपने गाँव 'जवारय' के लोग हैं, ऊ शहर में चाइना से एक बीमारी आ गइल बा 'कोरोना वायरस', बहुतय ख़तरनाक बीमारी है। सुने हैं कि इहमें आदमी के जान के भी ख़तरा है, इही ख़ातिर सब लोग शहर छोड़ अपने-अपने गाँव की ओर चल दिहलें बा।" नौजवान लड़के ने कहा।

"अरे! ई सब अचानक कैसे हो गया? अभी तक तो सब ठीक चलत रहा।" सरजू थोड़ा चिंताजनक स्वर में बोला।

"कुछ अचानक ना हुआ है दादा! बहुत दिन से ई बीमारी दुनिया के अलग-अलग देश में फैलत रहा, तब सरकार ना ध्यान दिहेस, पहिले ही विदेशी जहाज बन्द कर देते त ई महामारी से हम सब बच जाएत, लेकिन का है ना दादा बड़े लोगन के कौनो तकलीफ़ न होय के चाही, सारी दुविधा त हम ग़रीबन के ही सहे के पड़ेला। अभी सबेरे फ़ेसबुक देख रहे थे कि, सब ट्रेन बन्द कर दिहेस त सब ग़रीब लोग पैदले आपन लड़िका-बच्चा लेकर बम्बई से निकल गये। पैर में

ईईईई बड़का-बड़का छाला पड़ ग बा।” रमेश ने कहा।

“हमार बबुआ के का हाल होई?” सरजू कुछ बोलता कि उसके पहले देवकी बोल पड़ी।

“सब लोग आपन-आपन घरे आ रहल बा, उ काहे न आवा अब तक?” देवकी ने अपनी बात आगे बढ़ायी।

सरजू एकटक देवकी को देखता रहा, लेकिन कुछ बोला नहीं। बग़ल में दराँती रख वहीं मेड पर बैठ गया।

सरजू का छोटा भाई बिरजू अपनी पत्नी और बच्चों के साथ हमेशा-हमेशा के लिए गाँव छोड़कर शहर में बस गया था। भगवान ने सरजू और देवकी को कोई औलाद न दी थी इसलिए ये दोनों बिरजू को ही अपनी औलाद मानते थे। सरजू और देवकी ने मेहनत से खेतों में काम कर बिरजू को पढ़ाया-लिखाया था और एक अच्छी लड़की देखकर उसकी शादी बड़ी धूमधाम से की थी। बिरजू की शादी में देवकी बारात विदा होने तक बहुत नाची थी, लेकिन शादी होते ही बिरजू के भाव बदल गये। घर में आयी नयी बहू ‘कुसुम’ पारिवारिक माहौल न समझ सकी, वह बात-बात पर देवकी से झगड़े करने लगती। एक दिन किसी बात को लेकर झगड़ा हुआ और बिरजू अपनी पत्नी को लेकर पिता समान भाई और माँ समान भाभी को छोड़कर कभी गाँव न आने की क़सम खाकर गाँव से निकल गया। सरजू उसे रोकने रेलवे स्टेशन तक गया बहुत माफ़ीमाफ़ी माँगा, गिड़गिड़ाया लेकिन बिरजू न माना और वह चला गया।

“का सोच रहे हैं? कुछ तो करिये।” देवकी ने फिर कहा।

“ई दराँती और लोटा लेकर तुम घर चलो हम अभी आते हैं।” सरजू यह कहते हुए खड़ा हुआ और कँधे पर गमछा रख एक ओर चल दिया।

गाँव के प्रधान ‘रामजश दुबे’ अपने घर के सामने पेड़ के नीचे कुर्सी लगाये बैठे कुछ लिख रहे थे, उनके आस-पास गाँव के कुछ लोग बैठे हुए थे। उन्होंने दूर से ही सरजू को आता देखा तो अपने यहाँ काम कर रहे एक आदमी को कुछ इशारा किया, लपककर वह आदमी सरजू के पास गया और उसे नल की तरफ़ ले गया, सरजू कुछ समझ न सका।

“नल के पास पड़े साबुन को लेकर अच्छे से हाथ धो लो फिर प्रधान जी के पास आओ।”नौकर ने सरजू को समझाते हुए कहा।

'प्रधान जी ने तो ऐसा कभी नहीं किया, फिर अचानक ये भेदभाव कैसा?' यही सब सोचते सरजू हाथ धोया और गमछे से हाथ पोंछता प्रधान जी के पास आ गया।

"कहो सरजू, कैसे आना हुआ?" प्रधान जी ने मुस्कुराते हुए पूछा।

"प्रधान जी सुने हैं शहर में कोनो बीमारी आयल बा?" सरजू ने कहा।

"शहर में ही नहीं सरजू अब तो गाँव की तरफ़ भी यह बीमारी बढ़ रही है। इसलिए समय-समय पर हाथ धोते रहना चाहिए, लोगों से दूरी बनाकर रखनी चाहिए और ये गमछा जो कँधे पर रखे हो इसे मुँह पर बाँधकर रखा करो; दिन भर तो मोबाइल में दिखा रहा है सब।" प्रधान ने कहा।

एक झटके में ही सरजू के मन से प्रधान जी द्वारा किये भेदभाव का मलाल मिट गया, वह समझ गया सारा भेदभाव बीमारी का है।

"लेकिन मालिक हमरे पास मोबाइल नाही है ना, ना ही हमरा ई नये जमाने के दुनियादारी समझ में आवय।" सरजू ने प्रधान जी की बात का उत्तर दिया।

"अच्छा। ठीक है, बोलो कैसे आना हुआ?" प्रधान ने पूछा।

"प्रधान जी बीमारी आते ही सब लोग शहर से गाँव की तरफ़ आ रहल बा लेकिन हमरा बिरजू का कौनो पता नाही। पता नाही किस हाल में है, खाने-पीने का जुगाड़ कैसे कर रहा है। तनिक उससे बात हो जाती तो....।"

प्रधान के लिखते हाथ रुक गये, उन्होंने चश्मे के ऊपर से आश्चर्य में झाँका।

"वही बिरजू जो पाँच साल पहले तुम्हें अकेला छोड़ गया था और आजतक कभी फ़ोन करके पूछा भी नहीं कि तुम बूढा-बूढ़ी ज़िन्दा भी हो या मर गये।" प्रधान जी ने कठोर शब्दों में कहा।

"वह नासमझ है प्रधान जी, बस एक बार बात करा दीजिये मन के तसल्ली हो जाई।" सरजू गिड़गिड़ाया।

प्रधान कुछ बोल न सके। उन्होंने अपनी जेब से मोबाइल निकाला और कुछ देर नंबर ढूँढ़ने के बाद फ़ोन लगाकर मोबाइल सरजू को थमा दिया।

"हेलो!" सामने से आवाज़ आयी।

"बिरजू!" सरजू ने अफनाते हुए कहा।

          इत्ती-सी ख़ुशी

‘‘कौन?’’ फिर सामने से आवाज़ आयी।

‘‘अरे बबुआ, हम गाँव से सरजू बोल रहे है, तुम्हार भैया! पहचाना की नाही?’’ सरजू ने अलाप लेते हुए कहा।

बिरजू सकपका गया, शायद उसने उम्मीद नहीं की थी कि ऐसा करने के बाद भी भैया उसे फ़ोन करेंगे। उसकी आवाज़ जैसे गले में अटक गयी....

‘‘भैया!’’

‘‘हाँ बबुआ, हम तुम्हार भैया ही बोल रहे हैं।’’ ख़ुशी के मारे सरजू की आवाज़ तेज़ हो गयी, आँखों में ख़ुशी के आँसू तैर गये।

‘‘भैया! भैया!’’ बिरजू ने धीरे-धीरे कहा और आगे कुछ न बोल सका। अचानक वह फूट-फूटकर रोने लगा।

‘‘ए बाबू, का हुआ रे, तू काहे इतना रो रहा है, बाबू! ए बेटा बिरजू।’’ सरजू रोने की आवाज़ सुन पागल हो गया।

‘‘ए मालिक! देखो तनिक हमार बाबू रोये जा रहा है, कुछ बोल नहीं पा रहा है, हमसे कुछ नहीं कह पा रहा है ज़रा आप पूछिये न’’ सरजू ने रुआँसे स्वर में प्रधान से कहा।

इससे पहले प्रधान सरजू के हाथ से मोबाइल लेता, बिरजू की फिर आवाज़ आयी-

‘‘भैया!’’

‘‘हाँ बबुआ बोल! का हुआ रे बाबू, तू काहे इतना रो रहा है?’’ सरजू प्रधान जी के हाथ के पास ही कान में मोबाइल लगाकर बोला। प्रधान मोबाइल पकड़ता-सा अपने हाथ पीछे भींच लिया।

‘‘भैया! दो दिन हो गया खाना खाये, कुछ नहीं बचा है। मैं और कुसुम तो कैसे भी पानी पी के रह लेते हैं लेकिन बच्चे नहीं रह पाते। सब अपने-अपने गाँव जा रहे थे, मैं भी सोचा आने को पर हिम्मत नहीं हुई। सोचा किस मुँह से भैया के सामने जाऊँ, एक बार तो भैया का अपमान कर आया।’’ बिरजू रोते हुए बोला।

‘‘तू ऐसा काहे सोचा रे बबुआ। अरे तू कलेजे का टुकड़ा है हमार! तोहरे ख़ातिर त सात गो खून भी माफ़ बा रे बाबू। तू आपन गाँव से ग रहे, पर हमार दिल से न। अब तैयारी कर रे बिरजू और कल के कल कौनो साधन-सवारी से

गाँव के ख़ातिर निकल।'' सरजू रोते हुए बोला।

''पर भैया अब मेरे पास आने के लिए पैसा नहीं बचा है।'' बिरजू ने थोड़ा सँभल के कहा।

''अरे तू पैसा के चिंता न कर तोहार भाई बा न, हम अबही पैसा के व्यवस्था कर भेजत हई, तू बहू और लड़िकन के लेकर कल निकले के तैयारी कर बेटा।'' सरजू ने ढाँढस बँधाया।

''ठीक बा बबुआ हम फ़ोन रखत हई।'' यह कह सरजू फ़ोन रख दिया।

मोबाइल हाथ में लिये उसके हाथ काँप रहे थे। उसने नज़र उठायी तो प्रधान से लेकर वहाँ उपस्थित लोगों की आँखें भर आयी थीं। प्रधान जी को मोबाइल देकर, सरजू तेज़ क़दमों से घर की ओर निकल पड़ा। घर पहुँचते ही उसने सारी बात देवकी को बतायी, देवकी ने एक पुराना-सा लोहे का संदूक़ खोला उसमे एक पुरानी-सी सोने की बाली निकालकर सरजू को देते हुए बोली-

''जा, इका बेचकर बबुआ के पैसा भेज द।''

सरजू पास के बाज़ार में वह बाली बेचकर जो भी पैसा मिला उसे प्रधान जी के पास दे आया। प्रधान जी ने बिरजू से बात कर वह पैसा ऑनलाइन ही उसके खाते में भिजवा दिया।

अगले दिन सारी तैयारियाँ कर बिरजू पाँच साल बाद अपनी पत्नी और बच्चों के लेकर गाँव के लिए निकल गया। दो दिन बाद सबेरे ही प्रधान जी ने सरजू को ख़बर भिजवाई कि ट्रक एक घण्टे बाद गाँव के प्राइमरी स्कूल पर आ जायेगा। सरजू और देवकी स्कूल पर पहुँच गये, एक घंटे के बाद दूर से ट्रक आता दिखाई पड़ा। सरजू दूर से ही ट्रक देखकर उत्सुकता से उठ खड़ा हुआ, ट्रक स्कूल के पास आकर रुक गया। देवकी दौड़कर ट्रक के पास पहुँची, सरजू जहाँ खड़ा था वही जड़ हो गया। उसकी निगाहें बस एक बार भाई को देख लेना चाहती थीं। एक-एक कर सब उतरने लगे, कुछ देर बाद गोदी में एक साल का बच्चा लिये बिरजू ट्रक से निकला। दूर से ही सरजू की निगाहें उस पर पड़ीं जैसे उसके रोंगटे खड़े हो गये, तन में सिहरन होने लगी ख़ुशी से हाथ काँपने लगे। आँखें भर आयीं।

बिरजू ट्रक से उतरा तो देवकी खड़ी थी, बिरजू को देखते ही देवकी रो पड़ी, बिरजू ने भाभी के पाँव छुए लेकिन उसकी निगाहें तो भैया को ढूँढ़ रही थीं।

 इत्ती-सी ख़ुशी

नज़र घुमायी तो सरजू भीड़ से दूर एक कोने में खड़ा उसे ताक रहा था, बिरजू ने अपने बेटे को भाभी को थमाया और तेज़ी से भैया की ओर दौड़ पड़ा, पास पहुँचते ही वह सरजू के कलेजे से चिपक गया, सरजू बिफर पड़ा उसने कसकर बिरजू को अपनी बाँहो में जकड़ लिया। दोनों भाई फूट-फूटकर रोने लगे।

"हमे माफ़ कर दिजिए भैया, हमसे बहुत बड़ी ग़लती हो गयी थी। हम आवेश में और अपनी जवानी के घमंड में आकर यह तक भूल गये थे कि हम तो इसी दरिया के पंछी हैं, कितना भी उड़ लें लेकिन एक दिन वापस लौटकर यहीं आना पड़ेगा।" बिरजू भाई के कलेजे से लगा रोते हुए बोला।

"अरे हम तोहसे नाराज़ कब रहे पागल, एक तू ही तो हमरे ज़िन्दगी के ख़ुशी है बेटा। तोहार भाई तोहसे कबहु नाराज़ न रहा। बस कभी-कभी तोहार बहुतय याद आवय।" यह कह सरजू और ज़ोर से रोने लगा।

वहाँ खड़े लोग दोनों भाइयों का मिलन देख अपने अश्रुओं को न थाम सके। देवकी ने सहारा देकर कुसुम और उसकी तीन साल की बेटी को भी ट्रक से नीचे उतारा। लोगों का एक-दूसरे से मिलना-जुलना हुआ, सरजू ने उसकी तीन साल की बिटिया को गोदी में उठा लिया और सब घर की तरफ़ चल दिये।

४
जाह्नवी

'वाराणसी से चलकर लोकमान्य तिलक टर्मिनस को जाने वाली 11093 महानगरी एक्सप्रेस थोड़ी ही देर में प्लेटफ़ॉर्म नम्बर तीन पर आ रही है...।'

यह अनाउंसमेंट होते ही सफ़ेद सलवार और नीले रंग की कुर्ती पहने जाह्नवी अपना बैग लेकर खड़ी हो गयी।

"चलो चाचा! बैग ले लो ट्रेन आ रही है।"

"अरे बेटा! इतना उतावली मत हो, अभी बैठ जा। हम प्लेटफ़ॉर्म नम्बर तीन पर ही बैठे हैं, ट्रेन तो आने दे, जहाँ हमारा डिब्बा आयेगा फिर हम वहाँ चलेंगे।" बग़ल की कुर्सी पर बैठे जाह्नवी के चाचा विनोद ने कहा।

"लेकिन चाचा अभी-अभी तो अनाउंसमेंट हुआ है कि ट्रेन आ रही है।" जाह्नवी ने खड़े-खड़े ही कहा।

"हाँ बेटा! लेकिन ट्रेन अभी थोड़ी देर बाद आयेगी, देख अभी स्टेशन पर सभी लोग अपनी-अपनी जगह पर बैठे हैं।"

जाह्नवी ने हाथ में बैग लिये-लिये ही चारों ओर नज़र दौड़ाई और फिर वहीं चाचा के बग़ल में कुर्सी पर बैठ गयी।

जाह्नवी गाँव की एक संस्कारी, समझदार और मासूम लड़की थी। वह अभी हाल ही में अपनी बारहवीं की परीक्षा ख़त्म कर अपने मम्मी-पापा के पास घूमने के लिए मुम्बई जा रही थी।

क्या जाह्नवी अपने मम्मी-पापा के साथ नहीं रहती? यही सोच रहें हैं न आप? हाँ, बिल्कुल सही सोचा आपने, जाह्नवी अपने मम्मी-पापा के साथ नहीं रहती। उसके मम्मी-पापा उसकी एक छोटी बहन गुड़िया के साथ कुछ सालों से मुम्बई में रहते थे और जाह्नवी गाँव में अपने चाचा और दादा-दादी के साथ रहकर पढ़ाई करती थी। पिछले कई सालों से उसकी मुम्बई घूमने की तमन्ना थी, उसके पापा ने उसे आश्वासन दिया था कि बारहवीं की परीक्षा पूरी होते ही वो उसे

मुम्बई घूमने के लिए बुलायेंगे।

जब से उसकी परीक्षा पूरी हुई, तब से वो अपने चाचा के पीछे पड़ी थी कि कब वे उसे मुम्बई ले चलेंगे; पापा से भी फ़ोन पर रोज़ कहती थी। परीक्षा समाप्त होते ही मुम्बई शहर को लेकर उसने ख़्वाब बुनने शुरू कर दिये थे। वहाँ जाऊँगी तो पापा मुझे ढेर सारे कपड़े दिलायेंगे, अच्छी-अच्छी चीज़ें खाऊँगी, नयी-नयी जगह पर घूमने जाऊँगी और भी बहुत कुछ। वो अक्सर अपनी गाँव की सहेलियों से कहती थी-

"तुम सबको पता है, ये जो फ़िल्म और सीरियल के एक्टर होते हैं न वो सब मुम्बई में ही रहते हैं, मैं जाऊँगी तो मेरे पापा मुझे उनसे भी मिलायेंगे।"

हर लड़की के सुपरमैन उसके पापा होते हैं, शादी से पहले उसके हर सपने तक पहुँचने की राह उसके पापा ही बनते हैं।

आख़िर वो दिन आ ही गया था जब जाह्नवी अपने सपनों का पिटारा लिये आज मुम्बई के लिए निकल चुकी थी। वो जितना ख़ुश मुम्बई शहर घूमने के लिए थी उससे ज़्यादा ख़ुश अपने मम्मी-पापा से मिलने के लिए भी थी। थोड़ी देर बाद ट्रेन आयी और जाह्नवी अपने चाचाजी के साथ ट्रेन से मुम्बई के लिए निकल गयी। क़रीब 27 घंटे के सफ़र के बाद अगले दिन दोपहर में ट्रेन मुम्बई के लोकमान्य तिलक टर्मिनस पर पहुँच गयी। जाह्नवी जैसे ही ट्रेन से नीचे उतरी देखा तो सामने उसके पापा खड़े थे जो उसे लेने स्टेशन पर आये थे, पापा को देखते ही जाह्नवी दौड़कर उनके पास आयी और पापा के पैर छूकर उनसे लिपटकर रोने लगी। काफ़ी दिन बाद बिटिया से मिलने के बाद पिताजी के भी आँखों में आँसू भर आये, फिर भी ख़ुद को सँभालते हुए उन्होंने जाह्नवी को शांत कराया। तब तक विनोद भी ट्रेन से सामान लेकर उतरे और भाई के पैर छूकर आशीर्वाद लिया और तीनों स्टेशन से निकलकर बाहर रिक्शा पकड़ने आ गये।

रिक्शो में जाह्नवी एकदम किनारे वाली सीट पर बैठ गयी। रिक्शा उन सबको लेकर वहाँ से निकला और थोड़ी ही देर में स्टेशन परिसर को छोड़कर मुम्बई की ख़ूबसूरत सड़कों पर आ गया। ऊँची-ऊँची बिल्डिंग और तेज़ आती-जाती गाड़ियों को जाह्नवी रिक्शो में से देखकर मन ही मन बहुत ख़ुश हो रही थी। बग़ल में बैठे उसके पापा वात्सल्य से भरे बिटिया के चेहरे की ख़ुशी देखकर मगन हो रहे थे।

“अब ख़ुश हो न?”

“मैं बहुत ख़ुश हूँ पापा।” जाह्नवी ने कहा।

“अभी तो आयी हो बेटा, घर पर चलो आराम करो, फिर हम तुम्हें पूरा मुम्बई शहर घुमायेंगे।” पापा ने जाह्नवी के बाल सहलाते हुए कहा।

“आने में कोई दिक़्क़त तो नहीं हुई न विनोद?” भाई की तरफ़ घूमते हुए अशोक ने कहा।

“नहीं-नहीं भैया बड़े आराम से आ गये, बस रास्ते भर जाह्नवी परेशान करती रही- चाचा मुम्बई कब आयेगा? चाचा मुम्बई कब आयेगा? रास्ते भर इसके सवाल सुनते-सुनते सिर में दर्द होने लगा।” यह कह विनोद हँसने लगा।

अशोक भी जाह्नवी की तरफ़ देखकर हँसने लगे।

एक दूसरे से बातें करते-करते रिक्शा घर के क़रीब पहुँच गया। जाह्नवी ने दूर से ही देखा तो सड़क के किनारे उसकी माँ उसकी छोटी-सी बहन गुड़िया की उँगली पकड़े खड़ी थी, माँ को देखते ही जाह्नवी के चेहरे पर ख़ुशी के साथ-साथ आँखों में आँसू भी तैर गये। रिक्शा रुकते ही वो फ़टाफ़ट उतरी और जाकर माँ से लिपट गयी। बग़ल में खड़ी उसकी बहन गुड़िया अपनी बहन को देखते ही ख़ुशी से उछल पड़ी, माँ से मिलने के बाद जाह्नवी ने गुड़िया को गोदी में उठा लिया। अशोक और विनोद ने रिक्शे से सामान उतारा और रिक्शा चालक को उसका भाड़ा देने के बाद वो सबके साथ अपने घर की तरफ़ चल पड़ा।

अशोक और विनोद सामान लेकर आगे-आगे चल रहे थे और माँ, जाह्नवी से बातें करते हुए उनके पीछे। गली में थोड़ी दूर चलने के बाद अशोक एक घर के सामने रुके और सामान वहीं रख दिया।

“यही अपना घर है जाह्नवी!” अशोक ने कहा।

जाह्नवी की माँ ने दरवाज़ा खोला और सब सामान लेकर अंदर आ गये। सब नहा-धोकर फ़्रेश हुए, माँ ने चाय और भजिया बनाया, सब एक हाथ में चाय का कप लिये बैठकर बातें करने लगे।

“और माँ-बाबूजी कैसे हैं जाह्नवी?” अशोक ने पूछा।

“अच्छे हैं सब।”

“तुम माँ को ज़्यादा तंग तो नहीं करती थीं ना?” अशोक ने बेटी को हँसाने

के लिए ये सवाल बस यूँ ही कर दिया।

"नहीं, मैं दादी को बिल्कुल तंग नहीं करती।" जाह्नवी मुस्कुराते हुए धीरे से बोली।

अशोक ने जाह्नवी और विनोद से गाँव के विषय में ढेर सारी बातें कीं। खेतों में क्या बोया गया है? मूँछ वाले चाचा कैसे हैं? दयाराम के पिता जी की तबीअत अब कैसी रहती है? चौराहे के चाय-पान वाले दादा अभी ज़िन्दा हैं कि गुज़र गये? और भी ढेर सारी बातें।

सब ख़ुशी से चाय-नाश्ता कर रहे थे, जाह्नवी मन ही मन ख़ूब प्रसन्न थी। गुड़िया तो बहन के आते ही उसके पास लिपटी रहती थी। गाँव में माँ-बाबूजी अकेले थे इसलिए विनोद जाह्नवी को मुम्बई में छोड़, दो दिन बाद वापस गाँव चले गये। अशोक घर से थोड़ी ही दूरी पर एक गारमेंट्स कम्पनी में टेलर का काम करके 15000 रु. महीने का कमाते थे। उसमें उन्हें मुम्बई के रूम का किराया, छोटी बेटी की पढ़ाई और खाने-पीने के ख़र्च के साथ गाँव में भी माँ-बाबूजी के ख़र्च तथा विनोद के अलावा जाह्नवी के भी पढ़ाई का ख़र्च देखना पड़ता था। अगले सुबह से ही वो काम पर जाना शुरू कर दिये। इस महीने की सैलरी अभी चार दिन पहले ही मिली थी, जिसमें उन्होंने कुछ पैसे गाँव में जाह्नवी के टिकट के लिए और माँ-बाबूजी के ख़र्च के लिए भेज दिये थे और बाक़ी रुपयों से रूम का किराया और घर के राशन के अलावा बिटिया के आने के नाते और भी बहुत-सी खाने-पीने की चीज़ों का इंतिज़ाम कर दिया था।

रोज़ सबेरे जब अशोक काम पर जा रहे होते तो जाह्नवी उनसे एक ही सवाल करती-

"पापा घुमाने कब ले चलोगे?"

अशोक कुछ न कुछ बहाना बनाकर कल पर टाल देते थे। अशोक रोज़ कंपनी के मैनेजर से एडवांस में कुछ पैसे माँगते मगर कुछ न कुछ कहकर वह भी मना कर देता। आजकल में बीस दिन बीत गये, जाह्नवी के गाँव वापस जाने का वक़्त क़रीब आ गया।

एक दिन सबेरे अशोक काम पर जाने के लिए तैयार हो रहे थे, जाह्नवी उनके पास आयी-

"आज शाम को घुमाने ले चलोगे पापा?"

"अरे बेटा! मैं तो बताना ही भूल गया था, आज शाम मुझे कंपनी में बहुत काम है। ऐसा करते हैं कल हम पक्का घूमने चलेंगे और तुम्हें ढेर सारी चीज़ें दिलायें....." अशोक की बात पूरी भी न हुई थी कि जाह्नवी वहाँ से अंदर किचन में चली गयी। अशोक समझ गये कि जाह्नवी नाराज़ हो गयी है। लेकिन वह भी क्या करते, उस वक़्त वह कुछ भी बोलना उचित न समझे और अपना बैग लेकर घर से निकल गये।

"पता नहीं कब घुमाने ले जायेंगे? जब से आयी हूँ बस कल-कल कहकर मुझे बहका देते हैं।" जाह्नवी ने रोते हुए अपनी माँ से कहा।

"ले जायेंगे बेटा, टेंशन न लें। ख़ूब घुमायेंगे, नये-नये कपड़े दिलायेंगे।" माँ ने उसे समझाते हुए कहा।

"नहीं घूमना मुझे, कहीं नहीं घूमना, मुझे बस गाँव जाना है। मुझे दादा-दादी के पास जाना है, आप लोग मुझसे प्यार ही नहीं करते, अगर करते तो मुझे भी यहाँ अपने पास रखकर न पढ़ाते। मैं लड़की हूँ न इसलिए मुझे गाँव में रखा है अगर लड़का होती तब न अपने पास रखते।" यह कहकर जाह्नवी रोते हुए बाहर वाले कमरे में आ गयी।

जाह्नवी के मुँह से ऐसी बातें सुनकर माँ के तो होश उड़ गये। वह अवाक-सी खड़ी सोचती रही, फिर जाह्नवी के मुख से निकली तीक्ष्ण बातों का दर्द उसकी आँखों से आँसू बनकर निकलने लगा।

दिनभर घर में जाह्नवी रूठी रही। माँ तो उस दर्द को पी गयी वह थाली में खाना लेकर आयी-

"खाना खा लो जाह्नवी, टेंशन मत लो पापा घुमाने ले जायेंगे तुम्हें।"

जाह्नवी पापा से नाराज़ होने के साथ सुबह माँ को आवेश में कही बातों के लिए पछता भी रही थी। रात को क़रीब 9 बजे अशोक घर आये, देखा तो जाह्नवी चादर ताने सो रही थी। उन्होंने पत्नी से पूछा तो वो कुछ न बोली, अशोक समझ गये आख़िर बात क्या है। वह हाथ-पैर धोकर फ्रेश हुए, आकर बाहर एक कुर्सी पर बैठ गये। जाह्नवी की माँ ने लाकर उन्हें एक गिलास पानी दिया-

"क्या करूँ जाह्नवी की माँ, मैं भी चाहता हूँ कि जाह्नवी को ख़ूब घुमाऊँ, उसे अच्छे-अच्छे कपड़े दिलाऊँ, अच्छी-अच्छी चीज़ें खिलाऊँ, लेकिन क्या करूँ? मैं भी मजबूर हूँ। दिन भर इतनी मेहनत करने के बाद सिर्फ़ 15000 रु. मिलते हैं,

वो भी सैलरी मिलने के चार दिन बाद ख़त्म हो जाते हैं। अभी आते-आते दूध वाले ने झगड़ा कर लिया, उसका भी दो महीने से उधार नहीं चुकाया है। कई लोगों के पैसे बाक़ी हैं वह अलग, अब बिटिया से क्या बताऊँ कि क्यों उसे नहीं घुमाने ले जा रहा हूँ। वो भी बेचारी नफ़रत कर रही होगी हम सबसे, आयी थी तो मुझे अपने कितने सपने गिना रही थी। लगता है जितने सपने वह देख के आयी थी सब वैसे ही उसके साथ चले जायेंगे।''

तभी माँ ने भी सुबह जाह्नवी की कही बात अशोक को बतायी-

''कहेगी ही ना जाह्नवी की माँ। हम भी पैसों की तंगी की वजह से बेचारी को कितने सालो से गाँव में छोड़े हैं। हमारी ग़रीबी की सज़ा वह माँ-बाप के प्यार को क़ुर्बान करके चुका रही है। वो जो कहती है उसे कहने दो, हमें तो सुनना ही होगा।'' यह कह कुछ देर के लिए अशोक शांत हो गये, शायद जाह्नवी की कही बातें उनके भी दिल को लग रही थीं।

''जाह्नवी बहुत समझदार है, वो गुस्से में भले कुछ कह दी होगी मगर वो यह सब नहीं सोचती। तुम चिंता मत करो जाह्नवी की माँ! मैं कल किसी से पैसे उधार लेता हूँ और उसकी सारी ज़रूरतें पूरी करके ही उसे ख़ुशी-ख़ुशी गाँव भेजूँगा।

''इसकी कोई ज़रूरत नहीं है पापा।'' जाह्नवी अचानक ही उठ बैठी, उसने उनकी पूरी बातें सुन ली थीं। माता-पिता की स्थिति और उनका दर्द सुनकर वह पूरी तरह से बिफर पड़ी थी, उसकी आँखें अंदर ही अंदर रोते-रोते लाल हो गयी थीं। अशोक और जाह्नवी की माँ अवाक से उसे देखते रह गये। वह आयी और पापा से लिपट गयी और फफककर रोने लगी।

''मुझे कुछ नहीं चाहिए पापा, मुझे कुछ भी नहीं चाहिए। मुझे नहीं पता था आप इतने परेशान हैं, मुझे बस आप लोगों की ख़ुशी चाहिए। मेरे पास जितना भी है मैं उसमें बहुत ख़ुश हूँ, मुम्बई कहाँ भागी जा रही है, इस बार नहीं तो अगली बार घूम लूँगी।'' जाह्नवी ने रोते हुए कहा।

''अरे पागल! क्यूँ नहीं चाहिए। तेरे सब सपने पूरा करूँगा, तुझे सब जगह घुमाऊँगा, तुझे हर चीज़ दिलाऊँगा और तो और तेरी शादी में तुझे ढेर सारे कपड़े लाऊँगा।'' यह कह अशोक भी फूट-फूटकर रोने लगे।

जाह्नवी की माँ भी अपने पल्लू से आँसुओं को पोंछती जाह्नवी को चुप

कराने लगी।

"चुप हो जा बेटा चुप हो जा, इधर आ।"

माँ की ओर घूमते ही जाह्नवी ने कहा-

"सुबह मैंने जो भी कहा मुझे माफ़ कर दो माँ, आप ही मेरी अच्छी माँ हो और मेरे पापा दुनिया के सबसे अच्छे पापा हैं। मैं कभी भूलकर भी आप लोगों का दिल नहीं दुखाऊँगी।" यह कह जाह्नवी ने हाथ जोड़ लिया।

माँ ने उसे गोदी में लेकर शांत कराया। पापा ने भी उसे ज़िन्दगी की कई अनमोल बातें समझायीं। खाना निकाला गया, सबने ख़ुशी-ख़ुशी भोजन किया और तो और आज पापा ने भी कुछ निवाले जाह्नवी को अपने हाथों से खिलाये। जाह्नवी आज जान पायी थी कि माता-पिता का प्यार ही दुनिया की सबसे बड़ी ख़ुशी है। अपने माँ-पिता के प्यार के साये में कुछ दिन घूमने के बाद जाह्नवी वापस अपने गाँव चली गयी।

　इत्ती-सी ख़ुशी

5
पिंडदान

''दीदी यहाँ से ये लाल वाला फूल तोड़ लें?'' यश ने एक फूल की तरफ़ इशारा करते हुए बहुत ही मासूमियत से पूछा।

यश बहुत ही भोला-भाला सात साल का एक मासूम-सा गोल-मटोल शरीर का लड़का था, साँवले रंग पर उसकी प्यारी-सी मुस्कान किसी का भी मन मोह लेने के लिए काफ़ी थी। लाल रंग की टी-शर्ट और और नीले रंग की जीन्स पहने हाथ में एक टोकरी लिये वो इधर-उधर फूल ढूँढ़ रहा था।

''तोड़ लो बाबू।'' फूल के पेड़ के पास खड़ी एक उन्नीस साल की सुंदर-सी लड़की ने मुस्कुराते हुए कहा। उसके इतना कहते ही यश फ़टाफ़ट अच्छे-अच्छे फूल देखकर तोड़ने लगा। वह लड़की एकटक क्यूट से यश को देखती रही और फिर धीरे-धीरे चलकर उसके क़रीब आ गयी।

''क्या करोगे फूल का बाबू?''

''आज मेरे डैडी जी पूजा कर रहे हैं ना, तो उसमें लगेगा।'' यश ने फूल तोड़ते हुए ही कहा।

''अच्छा! कौन-से भगवान की पूजा कर रहे हैं आपके डैडी जी?'' लड़की क्यूट से यश के साथ अठखेलियाँ करने लगी।

''अरे नहीं, डैडी भगवान की पूजा नहीं कर रहे हैं, वो न मेरी मम्मी आज खाना खाने आने वाली हैं ना, इसलिए डैडी जी पूजा कर रहे हैं?'' यश ने कहा।

वह लड़की कुछ समझ नहीं पायी, उसने फिर यश से प्यार से पूछा-

''क्यूँ? आपकी मम्मी रोज़ खाना नहीं खातीं क्या?''

''अरे नहीं बाबा! मेरी मम्मी हर साल बस एक ही बार खाना खाती हैं।''

''अरे! ऐसे कैसे, हम सभी तो रोज़ खाते हैं तो आपकी मम्मी एक ही बार क्यूँ खाती हैं?''

यश कुछ न बोला वो आगे बढ़कर फूल तोड़ने लगा।

‘‘अच्छा चलो आज हम भी आपके घर चलते हैं, आपकी मम्मी से मिलते हैं। ज़रा मैं भी देखूँ आपकी मम्मी कितना खाती है कि एक ही बार खाने के बाद फिर एक साल तक नहीं खाती।’’ उस लड़की ने यश को चिढ़ाते हुए मज़ाक़ में कहा। वह अब भी कुछ समझ नहीं पा रही थी, वो तो सिर्फ़ यश के साथ खेल रही थी।

‘‘आप मेरी मम्मी से नहीं मिल सकतीं, मैं भी अपनी मम्मी से कभी नहीं मिला हूँ।’’ यश अब भी लगातार फूल तोड़ रहा था।

‘‘क्यूँ?’’ लड़की जैसे कुछ-कुछ यश की बातों को समझती-सी घुटने के बल वहीं उसके सामने बैठ गयी।

‘‘डैडी जी कहते हैं मेरी मम्मी बहुत सुंदर थी। जब मैं पैदा हुआ तो ढेर सारी परियाँ आयीं और मम्मी को अपने साथ लेकर चली गयीं।’’

वह लड़की यश की पूरी बात समझ चुकी थी, उसकी आँखें भर आयीं। अपनी भावनाओं के संग अपनी आँखों के आँसू सँभालती हुई यश के गाल पर एक चिमटी काटते हुए बोली-

‘‘पागल नहीं तो!’’

यश कुछ न बोला वह फिर से फूल तोड़ने लगा। लड़की ने फिर कहा-

‘‘वैसे आपको देखकर मैं कह सकती हूँ कि आपकी मम्मी बहुत सुंदर रही होंगी, क्योंकि जिसका बाबू इतना क्यूट है तो मम्मा तो क्यूट होगी ही न।’’

यश मुस्कुराने लगा और फिर से फूल तोड़ने लगा।

‘‘हो गया यश बेटा?’’ पीछे से आवाज़ आयी।

लड़की ने मुड़कर देखा तो साधारण सी क़द-काठी का एक तीस साल का नौजवान सफ़ेद धोती और कँधे पर सफ़ेद गमछा रखे, अभी-अभी बाल छीलाए, हाथ में कुछ लिये खड़ा था; यह यश के पापा अजीत थे।

‘‘हाँ पापा! हो गया।’’ यश ने कहा और टोकरी से भरे फूलों को लेकर पापा की तरफ़ दौड़ गया। अजीत ने फूलों को उठाकर देखा और प्यार से यश के बालों को सहलाते हुए उसे लेकर एक ओर चल दिया। लड़की वहीं घुटने के बल बैठी जाते हुए यश को निहारती रही, देखते ही देखते यश उसकी आँखों से ओझल हो गया।

जब अजीत स्कूल में पढ़ता था तो उसे अपनी क्लासमेट कंचन से प्यार हो गया था, वह कंचन को बहुत चाहता था और कंचन भी उसे दिल-ओ-जान से चाहती थी। दोनों की प्रेम कहानी पूरे स्कूल के साथ-साथ उन दोनों के घर वाले तक को पता थी, दोनों एक ही बिरादरी के सामान्य किन्तु इज़्ज़तदार घर के थे इसलिए किसी को उनके रिश्ते से कोई आपत्ति नहीं थी। स्कूल की पढ़ाई ख़त्म हुई, दोनों के घर वाले आपस में बातचीत करके उनके विवाह के विषय में विचार करने लग गये थे। मगर कंचन और अजीत के अनुरोध पर उन दोनों के घरवालों ने उन्हें कॉलेज की पढ़ाई पूरी करने की इजाज़त दे दी थी।

कॉलेज की पढ़ाई ख़त्म होते ही कंचन और अजीत शादी के पवित्र बँधन में बँध गये थे। अजीत और कंचन का प्यार ऐसा था कि वो ख़ुद से पहले एक दूसरे की परवाह करते थे। अजीत को ज़रा-सी भी चोट लगती तो कंचन पागल-सी हो जाती और कुछ ऐसा ही हाल कंचन को चोट लगने पर अजीत का होता।

एक दिन की बात है कंचन किचन में कुछ काम कर रही थी कि अचानक ही वह बेहोश होकर गिर गयी। अजीत घर से दूर बाज़ार कुछ सामान लाने गया था, फ़ोन के माध्यम से उसे पता चला तो वह बौखलाया हुआ घर पहुँचा और कंचन को लेकर अस्पताल की ओर भागा, रास्ते भर वह कंचन का हाथ पकड़े रोता रहा था। डॉक्टरों ने चेक किया तो पता चला कि उसे ब्रेन हैमरेज है और वह प्रेग्नेंट भी है। अजीत कंचन को लेकर बड़े से बड़े अस्पताल में इलाज के लिए भागता रहा लेकिन कंचन की हालत दिन प्रतिदिन बिगड़ती ही गयी और कुछ महीनों बाद वह अपने ज़िन्दगी के अंतिम चरण में पहुँच चुकी थी। अजीत भी समझ चुका था यह काली और डरावनी मौत अब उसके प्यार को उससे जुदा कर देगी। हुआ यही कंचन अजीत को छोड़ के चली गयी लेकिन उसने मरने के दो दिन पहले अपना अंश और अपने प्यार की निशानी यश को अजीत के पास छोड़ गयी।

कंचन को मरे सात साल हो गये लेकिन अजीत ने शादी नहीं की वह हर पल, हर घड़ी उसकी यादों में जी लेता था। यश को ही पढ़ाना-लिखाना और यश को माँ की कमी ना पूरी हो उसका पूरा ख़याल रखना, यही उसके जीवन का उद्देश्य और आधार था। घर वालों और रिश्तेदारों ने उसे लाख समझाया, लाख मनाया लेकिन कोई उसे शादी के लिए न मना पाया।

अजीत हर साल पितृपक्ष में कंचन को पानी देता है और कंचन के मनपसंद

का पकवान बनाकर चिड़िया, कौवों और गायों को खिलाता है। इस एक दिन नन्हा-सा यश भी अपनी माँ के लिए जो कर सके, वह सब करता है। वह सुबह से ही हर साल फूल तोड़ के लाता है और डैडी के पास बैठकर पिंडदान का मंज़र देखता है।

एक एकांत बग़ीचे में एक तरफ़ पंडित जी बैठे कुछ मंत्र पढ़ रहे थे, दूसरी ओर अजीत और उससे थोड़ा दूर एक ईंट पर बैठा यश सबकुछ देख रहा था। अचानक ही यश को पता नहीं क्या सूझा वह उठकर अजीत के पास आ गया और बोला-

''डैडी, मम्मी खाना खाने कब आयेंगी?''

''आ जायेंगी बेटा! देखो हमने आपकी मम्मी की पसंद का सब खाना रख दिया है न वो आती ही होंगी।'' अजीत ने उसे समझाते हुए बग़ल में बैठा लिया।

पंडित जी पिंडदान की सारी क्रिया करा रहे थे, अंत में उन्होंने कुछ पत्तों पर थोड़ा-थोड़ाकर सारे पकवान रख दिये और अजीत उसे दूर ले जाकर एक पेड़ के नीचे रख दिया और यश का हाथ पकड़कर वहीं खड़ा हो गया। कुछ देर में एक कौआ आया-

''ये कौन है डैडी?'' यश ने कहा।

''ये आपके दादाजी हैं बेटा।''

''मम्मी कब आयेगी?'' यश ने बाल खुजाते हुए पूछा।

तब तक एक सुनहरे रंग की चिड़िया आयी और पेड़ की डाली पर बैठकर इधर-उधर देखने के बाद फुर्र से उड़कर आयी और एक पत्ते पर बैठकर पकवान खाने लगी।

''ये देखो बेटा यश! यह आपकी मम्मी है। कितनी सुंदर है न?'' अजीत ने बेटे का मन बहलाते हुए कहा।

यश के चेहरे पर ख़ुशी की लहर दौड़ गयी।

''हाँ डैडी, मम्मी तो बहुत सुंदर हैं, एकदम परी के सिर पर बैठी चिड़िया जैसी।''

''बिल्कुल मेरा राजा बेटा।'' अजीत ने कहा।

अचानक ही यश के चेहरे की ख़ुशी ग़ायब हो गयी और वो थोड़ा उदास होकर बोला-

"लेकिन डैडी, मम्मी ऐसे क्यूँ आती हैं? मेरे पास क्यूँ नहीं आतीं? मेरे फ्रेंड राहुल की मम्मी उसे रोज़ स्कूल छोड़ने आती हैं तो उसे गले से लगाकर उसके गाल पर किस करती हैं। मेरी मम्मी मुझे गले लगाने क्यूँ नहीं आतीं?"

बेटे के मुँह से ऐसी बातें सुनकर अजीत की आँखें भर आयीं, वह घुटनों के बल उसके सामने बैठ गया। यश ने फिर कहा-

"राहुल बता रहा था न डैडी, उसकी मम्मा उसे रात को अपनी गोदी में लेकर सोती हैं। मेरी मम्मी मेरे साथ क्यूँ नहीं सोतीं? राहुल कहता है बेड पर एक तरफ़ उसके पापा सोते हैं एक तरफ़ उसकी मम्मी और बीच में वो सोता है। इसलिए रात को उसे डर नहीं लगता, लेकिन पापा मेरे बेड पर तो एक तरफ़ आप सोते हैं और दूसरी तरफ़ मम्मी की जगह ख़ाली रहती है।"

यश की बातें पूरी होते-होते अजीत फफककर रो पड़ा। इससे पहले की अजीत खींचकर यश को गले से लगाता, यश दौड़ता हुआ पंडित जी के पास गया।

"पंडित अंकल! पंडित अंकल! आप जैसे मन्त्र पढ़कर मम्मी को खाना खिला देते हैं, वैसे मंत्र पढ़कर मेरी मम्मी को मेरे पास बुला दो न, मुझे मेरी मम्मी की बहुत याद आती है, प्लीज न पंडित अंकल।"

नन्हे-से यश की बातों को सुनकर पंडित जी अवाक रह गये। उनके सारे मंत्र इस सवाल के सामने कमज़ोर पड़ गये थे। अपनी जगह पर बैठे पंडित जी जड़ हो गये, उनकी असहाय आँखें सिर्फ़ यश को निहार रही थीं।

अजीत ख़ुद को न सँभाल सका वो दौड़ता हुआ यश के पास आया और उसे कसके गले से लगाकर बिफर पड़ा, वह ज़ोर-ज़ोर से रोने लगा। अजीत अपनी लाल और आँसुओं से भरी निगाहें आसमान की ओर उठाकर मन ही मन बोल पड़ा-

"अब क्या जवाब दूँ कंचन इसे? मैंने तो पूरी कोशिश की माँ बनने की लेकिन शायद तुम्हारी कमी न पूरी कर सका। सच में, पूरी दुनिया एक होकर भी माँ की कमी पूरी नहीं कर सकती।"

6

भगवान रहता कहाँ है
और मिलता कहाँ है।

○○

सचिन अभी कुछ देर पहले ही अपने गाँव से मुम्बई शहर में जॉब ढूँढ़ने आया है, इस शहर में दाख़िल होते ही उसे शहर से प्यार हो गया। ऊँची-ऊँची इमारतें, ख़ूबसूरत सड़कें, सब एक ही धुन में सिर्फ़ अपने काम में लगे हुए हैं किसी को किसी से कुछ लेना देना नहीं है। इस शहर का तौर तरीक़ा और डिसिप्लिन उसे अपनी ओर खींच रहा था, वह ख़ुशी से झूमता शहर की ख़ूबसूरती से अपनी आँखों को तृप्त करता एक कमरा ढूँढ़ने में लगा हुआ था। सचिन गाँव का निहायत सीधा-साधा, शरीफ़ और कम बोलने वाला लड़का था। वह अभी हाल ही में अपनी ग्रेजुएशन की पढ़ाई पूरी कर नौकरी के इरादे से इस शहर का रुख़ किया था। वह घर खोजने के लिए ऑनलाइन एप के भोरोसे ही इस शहर में आने का फ़ैसला कर पाया था, दूर-दूर तक इस शहर में कोई उसका अपना नहीं था।

वह जितने भी घर देखता सब या तो उसके बजट के बाहर थे या तो उसे पसंद नहीं आ रहे थे। इधर-उधर भटकते कब शाम के चार बज गये पता ही न चला, वह फुटपाथ पर लगी एक दुकान पर खड़ा वड़ा-पाव खा रहा था, तभी उसकी नज़र बग़ल में लगे एक छोटे से पोस्टर पर गयी-

'रूम ऑन रेंट इन योर बजट' और उसके नीचे एक मोबाइल नम्बर लिखा था।

एक हाथ से वड़ा-पाव खाते हुए उसने दूसरे हाथ से अपना मोबाइल निकाला और उस नंबर पर कॉल किया।

''हेलो'' सामने से आवाज़ आयी।

''हाँजी! मैं सचिन बोल रहा हूँ, ये पोस्टर पर रूम के लिए आपका ऐड देखा तो मैं कॉल किया।'' सचिन बहुत ही कॉन्फ़िडेंस से बोला।

इत्ती-सी ख़ुशी

‘‘ये नम्बर व्हाट्सएप पर है क्या?’’

‘‘हाँजी है ना।’’

‘‘ठीक है मैं तेरे को व्हाट्सएप पर लोकेशन सेंड करता हूँ, उसी एड्रेस पर आ जा।’’ सामने वाले ने यह कहकर कॉल कट कर दिया।

सचिन वड़ा-पाव ख़त्म करके पानी पी ही रहा था कि उसके मोबाइल पर नोटिफ़िकेशन आया, उसने देखा तो उसी नम्बर से लोकेशन आया था। वह कँधे पर बैग टाँगे उस लोकेशन को फ़ॉलो करता उस ओर बढ़ गया। सचिन मैप को फ़ॉलो करता उस लोकेशन पर पहुँच गया। वह जिस नम्बर से पहले बात किया था उस नम्बर पर कॉल किया तो उसके बग़ल में ही खड़े एक काले वर्ण के भीमकाय आदमी ने फ़ोन उठाया, सचिन ने जैसे ही 'हेलो' बोला बग़ल में खड़ा आदमी ख़ुद बोल पड़ा-

‘‘तूने ही कॉल किया है क्या?’’

‘‘हाँ!’’ सचिन उसकी और बढ़ते हुए बोला।

‘‘क्या रे बावा, बग़ल में ही खड़ा होकर कॉल करता है।’’ यह कहकर वह आदमी हँसने लगा जैसे कोई बहुत बड़ा जोक हो गया हो।

‘‘नहीं अंकल मुझे पता नहीं था न कि आप ही हो।’’ सचिन भी हल्का-सा हँसते हुए बोला।

‘‘चल कोई नहीं रे हो जाता है कन्फ़्यूजन, चल आ जा तेरे को रूम दिखाता हूँ।’’ यह कहकर वह व्यक्ति सचिन को लेकर एक पतली-सी गली में चला गया। गली के लास्ट में एक बड़ा किन्तु पुराना-सा घर था, घर के बाहर ही एक हॉलनुमा जगह में कुछ लड़के बैठे बातें कर रहे थे, देखने से लग रहा था कि इस घर में कई कमरे हैं। जिस व्यक्ति के साथ सचिन आया था वह उन लड़कों की ओर इशारा करते हुए बोला-

‘‘यह सब यही रहते हैं।’’

सचिन कुछ बोलता कि इससे पहले एक लड़का बोल पड़ा-

‘‘नाम क्या है तेरा?’’

‘‘सचिन’’ सचिन थोड़ा धीरे से बोला।

‘‘इतना डर के क्यूँ बोल रहा है भाई, मस्त एकदम खुल के बात करने का,

सब अपने ही लोग हैं, अपुन सब दोस्त ही हैं रे। टेंशन नयी लेने का, आराम से इधर रहने का।'' दूसरे लड़के ने बोला।

सचिन को उन लोगों का भाईचारा अच्छा लगने लगा, वह उस अंकल की ओर मुड़ा।

''अंकल रूम दिखा दीजिए और रेंट कितना है वह बता दीजिए।''

''रेंट तो 3000 महीने का है जो कि अडवांस में देना होगा और रूम भी एकदम चकाचक साफ़ है, साथ में तुझे एक बेड और सोने के लिए गद्दा भी मिल जायेगा, अंदर आ जा तेरे को रूम भी दिखा देता हूँ।''

सचिन अंदर जाकर रूम देखा तो रूम थोड़ा पुराना लेकिन रहने लायक़ था और रेंट भी उसके बजट में था। उसने झट से वहाँ रहने के लिए हाँ कर दिया और अपने पर्स से 3000 रुपये निकाला और अंकल को दे दिया। उस अंकल ने पैसा गिना और अपनी जेब में रखते हुए सचिन से बोला-

''आराम से रह यहाँ पर, कोई दिक़्क़त हो तो मुझे इसी नम्बर पर कॉल करना।'' यह कहकर वह वहाँ से चला गया।

सचिन अपना बैग कँधे से उतारकर वहीं बेड पर रख दिया, वह अपना मोबाइल और पर्स भी निकालकर बेड के सिरहाने पर रख दिया और पैर नीचे लटकाये वहीं बेड पर लेट गया। वह बहुत ख़ुश था, इतनी मेहनत करने के बाद आख़िर उसे घर मिल गया था। अचानक ही वह बेड से उठा और अपने पर्स से 50 रुपये का एक नोट निकालकर पर्स और मोबाइल को वहीं बैग में रखा और दरवाज़े पर कुंडी लगाकर बाहर आ गया। बाहर बैठे एक लड़के ने कहा-

''क्या भाई पसंद आया रूम?''

''हाँ भैया अच्छा है, ले लिया हूँ।''

''चल अब आराम से रह, कोई प्रॉब्लम हो तो अपुन को बोलना।''

सचिन ने 'हाँ' में सिर हिलाया और वहाँ से बाहर आकर एक दुकान से एक बिसलेरी की बोतल और कुछ बिस्किट लेने लगा। बिस्किट-पानी लेकर वह हॉल में पहुँचा तो दूर से ही उसे अपना दरवाज़ा खुला-सा दिखाई दिया वह भागते हुए कमरे के पास पहुँचा तो दरवाज़ा खुला था। कमरे में घुसते ही वह अवाक रह गया उसका बैग कमरे से ग़ायब था, वह हड़बड़ाते हुए बाहर बैठे लड़कों के पास

पहुँचा और हाँफते हुए बोला-

‘‘भैया पता नहीं कौन दरवाज़ा खोल के मेरा बैग चुरा ले गया।’’

‘‘क्या बात का रहा है? कौन ले गया?’’ वे सारे लड़के आश्चर्य से उसकी ओर देखते हुए खड़े हो गये।

‘‘पता नहीं मैं अभी बिस्किट-पानी लेने बाहर गया था, लौटकर आया तो देखा मेरा बैग ग़ायब है।’’ वाक्य पूरा होते-होते सचिन का गला भर आयां।

‘‘ताला नहीं लगाया था क्या?’’ एक छोटे क़द के लड़के ने पूछा।

‘‘नहीं, कुंडी लगाकर चला गया था, सोचा फटाक से आ जाऊँगा।’’

‘‘अब यहाँ खड़े-खड़े कुछ नहीं होने वाला चलो चलकर ढूँढ़ते हैं चोर अभी ज़्यादा दूर नहीं गया होगा।’’ एक अन्य लड़के ने कहा।

सब बैग ढूँढ़ने गली से बाहर की ओर निकलने लगे, सचिन आगे था और बाक़ी सारे लड़के पीछे। कुछ दूर चलने के बाद पीछे से एक-एक कर सारे लड़के ग़ायब होने लगे, कोई किसी घर में घुस जाता तो कोई दूसरी गली में। सचिन को कुछ पता ही नहीं चला, वह तो सिर्फ़ बौखलायी नज़रों से अपने बैग को इधर-उधर ढूँढ़ता आगे बढ़ता जा रहा था। सचिन जब गली की शुरूआत में सड़क पर पहुँच गया उसने पीछे नज़र घुमायी तो सारे लड़के ग़ायब हो गये थे, वह दौड़ता हुआ फिर गली में घुसा-

‘‘भैया! भैया!’’

लेकिन वहाँ कोई नज़र नहीं आ रहा था। वह दौड़ाता हुआ अपने रूम के क़रीब आया और वहाँ खड़ा होकर वह उस अंकल को फ़ोन लगाया जिसने उसे रूम दिया था लेकिन उसका भी नंबर स्विच ऑफ़ आ रहा था। सचिन समझ चुका था इन लोगों ने मिलकर उसे लूट लिया है। उसकी आँखें भर आयीं, वह रोता हुआ गली से निकलकर बाहर सड़क पर आ गया।

रात हो चुकी थी सचिन इधर-उधर भटक रहा था, उसके पास कुछ भी न बचा था- न खाने के पैसे थे न उसका मोबाइल, जिससे वह गाँव में अपने घर पर या दोस्तों को फ़ोन कर सके। थोड़ी दूर चलने के बाद उसने देखा फुटपाथ पर कुछ लोग सो रहे थे, वह बहुत थका हुआ था उसने इधर-उधर देखा आस-पास कोई दिखाई नहीं दे रहा था। हाथघड़ी की ओर नज़र दौड़ाई तो रात के 11 बज

रहे थे। वह धीरे से फुटपाथ पर सो रहे लोगों के बग़ल में लेट गया। ज़मीन पर लेटते ही दिन भर की हुई घटना उसके आँखों के सामने नाचने लगी, ज़मीन पर लेटे-लेटे ही वह फूट-फूटकर रोने लगा। रोते-रोते न जाने कब उसे नींद आ गयी पता ही ना चला।

सड़क पर आती-जाती गाड़ियों के हॉर्न की आवाज़ से अचानक नींद खुली तो सुबह के 8 बज रहे थे, वहाँ से उठकर वह थोड़ी दूर एक पत्थर की बनी कुर्सी पर आकर बैठ गया। मुम्बई शहर के असली रफ़्तार का वक़्त हो चुका था, कोई हाथ में घड़ी सेट करते हुए तो, कोई वड़ापाव खाते हुए तेज रफ़्तार से एक ही दिशा में भागे जा रहे थे। सबको सिर्फ़ काम पर जाने के लिए लोकल ट्रेन पकड़नी थी, किसी एक को भी किसी दूसरे के चक्कर में अपना एक मिनट भी देना गवारा नहीं था। सचिन इन सब हालातों से अंजान था, वह हाथ देकर किसी न किसी को रोककर अपनी बात बताने एवं मदद माँगने का प्रयत्न करता पर कोई भी उसकी एक बात सुनने को तैयार न था। कुछ ही देर में वह थक हारकर फिर उसी कुर्सी पर बैठ गया।

दोपहर के 2 बज चुके थे, सचिन की भूख अपने चरम पर थी। अब तो किसी भी हालत में बस रोटी का एक निवाला मिल जाता तो अच्छा होता। सचिन वहाँ से उठा और पास के बाज़ार का चक्कर लगाने लगा, पर कहीं भी उसे भोजन नसीब न हुआ। बाज़ार के अंत में एक मंदिर था, मंदिर पर काफ़ी भीड़ लगी थी, सचिन के मन में कुछ उम्मीद की किरण जगी। वह मंदिर की ओर सरपट दौड़ पड़ा, वहाँ पहुँचा तो देखा एक बहुत हट्टा-कट्टा आदमी जो देखने से ही अमीर लग रहा था वह मंदिर के सामने सड़क पर कुछ ग़रीब लोगों को खाना बाँट रहा था, उसके साथ चार-पाँच और भी लोग थे जो उस काम में उसकी मदद कर रहे थे। ग़रीब और असहाय लोग लाइन लगाये अपनी बारी आने का इंतज़ार कर रहे थे, सचिन भी उस लाइन में लग गया। वह व्यक्ति लोगों को खाना देते जाता और लोग खाना लेकर वहीं सड़क के दूसरी ओर बैठकर खाने लगते। सचिन का नम्बर आया, सचिन को देखते ही वह आदमी रुक गया-

‘‘क्या है?’’ अमीर आदमी थोड़ा कठोर आवाज़ में बोला।

‘‘खाना चाहिए था।’’ सचिन डरते हुए बोला।

‘‘शर्म नहीं आती, इतने हट्टे-कट्टे नौजवान हो। देखने से अच्छे घर से लगते

इत्ती-सी ख़ुशी

हो, ये बूट, ये फ़ॉर्मल कपड़े, ये हाथ में घड़ी और खाने के लिए भीख माँगते हो, इस तरह से भिखारियों के साथ भोजन करते हो, तुम लोगों को अच्छे से जानता हूँ ख़ुद कुछ करने का मन नहीं करता, बस कही से फ़्री का खाने को मिल जाये खाकर दिन भर घूमोगे। ख़ुद तो ग़रीबों की मदद नहीं करोगे और जो कर रहा है उसके काम में भी रोड़ा बनोगे। ग़रीबों का हक़ खाने में शर्म नहीं आती?'' अमीर आदमी रोष से भर गया।

''लेकिन सर.... ।''

सचिन कुछ बोलता की उससे पहले उस आदमी ने अपने साथ आये अन्य व्यक्तियों को इशारा किया-

''भगाओ इसको यहाँ से।''

दो आदमियों ने आगे आकर सचिन का हाथ पकड़ा और उसे डाँटते हुए वहाँ से धक्का देकर बाहर निकाल दिया। सड़क पर आते-जाते लोग सचिन को घूरने लगे, सचिन बाहर खड़े घुट-घुटकर रोने लगा और अपने आँसू पोंछते हुए वहाँ से निकल गया।

उसने उम्मीद नहीं छोड़ी, उसे माँ की बातें याद आ रही थीं। माँ बचपन में कहती थी कि इस धरती पर भगवान के कई घर हैं, इंसान को कहीं न कहीं आसारा मिल ही जाता है। हम सब भगवान के बच्चे हैं और भगवान अपने बच्चों को कभी भूखा नहीं सुलाता। माँ के द्वारा बचपन में कही वह बात ही उसे उम्मीद दे रही थी, उसने भगवान के अन्य घरों पर जाने का मन बना लिया, लेकिन मस्जिद की अज़ान और चर्च की प्रेयर भी उसको भूख से छुटकारा नहीं दिला सकी।

कॉलेज के दिनों में सचिन अपने दोस्तों के साथ एक बार कॉलेज की तरफ़ से अमृतसर स्वर्ण मंदिर गया था, वहाँ उसे लंगर का भोजन याद आया और वह घूम-घूमकर अपने आस-पास भगवान का अगला घर गुरुद्वारा ढूँढ़ने लगा। काफ़ी जद्दोजहद के बाद भी उसे दूर-दूर तक कहीं गुरुद्वारा नज़र नहीं आ रहा था। रात काफ़ी हो चुकी थी, भूख से तड़पता बेजान सचिन वहीं फुटपाथ पर लेट गया। आसमान की ओर नज़रें गड़ाये अपने हालात पर बस रोये जा रहा था; उसे अब यह महसूस हो चुका था शायद वह अपने गाँव वापस न जा पाये। वह चैतन्यावस्था में भी अचेत था, आँखें खोले पड़ा था, सड़क पर गाड़ियों की आती-जाती आवाज़ उसके कानों में लगातार पड़ रही थी। लेकिन इन गाड़ियों

की आती-जाती आवाज़ों में से ये कैसी आवाज़ आ रही थी जो धीरे-धीरे तेज़ होती जा रही थी-

'अभी ज़िन्दा हूँ तो जी लेने दो...जी लेने दो....भरी बरसात में पी लेने दो। आऊ!..... अभी ज़िन्दा हूँ तो जी...... ''

अचानक ही एक आदमी का पैर सचिन से टकराया और गाने के बोल उस आदमी के गले में ही अटक गये, वह लड़खड़ाते हुए दूसरी ओर जा गिरा। सचिन ने गर्दन उठाकर देखा तो एक दुबला-पतला सा शराबी हाथ में दारू की बोतल लिये उससे टकराकर गिर पड़ा है।

''कौन है रे साला! कौन लेटा है यहाँ, साले तेरे को पता नहीं रघ्घू भाई इधर से आता है, देखकर नहीं लेट सकता, अपुन से टकराता है। साल पूरा बम्बई शहर रघ्घू भाई के मुँह नहीं लगता है और तू साले अपुन से टकराता है, अपुन को धक्का देता है।'' शराबी पूरी तरह से भड़क गया।

सचिन उसको चिल्लाता देख हाथ जोड़कर खड़ा हो गया।

''सॉरी अंकल, ग़लती हो गयी।''

शराबी लड़खड़ाता हुआ सचिन के पास आ गया और उसका कॉलर कसकर पकड़ लिया, उसने अपना दूसरा हाथ उसे थप्पड़ मारने के लिए ज़ोर से पीछे की तरफ़ खींचा-

''साला....अपुन से टकरायेगा।''

सचिन ज़ोर-ज़ोर से रोने लगा।

''माफ़ कर दो अंकल, ग़लती हो गयी, माफ़ कर दो। प्लीज!'' सचिन गिड़गिड़ाने लगा।

''तू तो बड़ा फटू है रे, अभी मारा भी नहीं और रोने लगा।'' यह कह शराबी ज़ोर-ज़ोर से हँसने लगा।

सचिन हाथ जोड़े रोता हुआ वहीं ज़मीन पर बैठ गया और फूट-फूटकर रोने लगा। शराबी अभी भी ज़ोर-ज़ोर से हँस रहा था।

''अबे क्या हुआ, इतना क्यूँ रो रहा है?''

सचिन बिना कुछ बोले बस लगातार रोये जा रहा था, शराबी वहीं सचिन के

   इत्ती-सी ख़ुशी

सामने ज़मीन पर बैठ गया और एकटक उसे निहारने लगा जैसे उसके चेहरे को पढ़ रहा हो। शराबी सचिन के कँधे पर हाथ रखकर बोला-

''ओये! क्या हुआ? बोल ना रे क्या हुआ? अपुन को अपना भाई ही समझ के बोल डाल। चल बता क्या हुआ?

''कल से मैंने कुछ नहीं खाया, इस शहर में क़दम रखते ही ज़िन्दगी में जैसे ग्रहण लग गया। जहाँ भी जाओ जैसे सब लूटने को तैयार है, सब अपने-अपने काम में इतना मशगूल है कि कोई किसी की सुनना ही नहीं चाहता। जब लाइफ़ में सबकुछ अच्छा चल रहा होता है ना तो भगवान भी हमारा साथ देते हैं और जब ज़िन्दगी लड़खड़ा जाती है तो भगवान भी हमारा साथ छोड़ देते हैं।'' सचिन सिसकियाँ लेते हुए बोला।

''बात तो तेरी सही है रे बाबा! ये शहर ऐसा ही है लेकिन एक बात याद रखना, ये शहर बहुत बेमिसाल है जितना रुलाता है ना उतना हँसाता भी है, ये शहर पहले एग्ज़ाम लेता है फिर फ़र्स्टक्लास रिज़ल्ट देता है। तू अभी से टेंशन मत ले, वैसे अब तू आगे क्या करने वाला है?

''कुछ नहीं कल की तरह आज भी भूखा ही सोऊँगा।'' सचिन मुँह लटकाये हुए बोला।

''क्या बात करता है रे बाबा! क्या बात करता है! रघ्घू भाई के सामने कोई भूखा सोये ये अपुन के ज़मीर को नामंज़ूर है।'' शराबी टशन में बोला।

शराबी लड़खड़ाते हुए उठकर खड़ा हुआ और सचिन को भी हाथ देकर उठाया। सड़क पार कर वह सचिन को लेकर सामने वाले 'मैक बार रेस्टोरेंट' में चला गया।

एक टेबल पर एक तरफ़ सचिन बैठा और दूसरी ओर शराबी।

''ओ वेटर! इधर आ'' शराबी ने वेटर को अपने पास बुलाया।

''तेरे को जो भी खाना है तू ऑर्डर कर, जितना खा सकता है उतना मँगा।'' शराबी ने सचिन से कहा।

सचिन डरते-डरते उसे जो भी खाना था वह सब मँगाया।

''कोल्ड ड्रिंक पियेगा?''

सचिन ने न तो 'ना' किया और न ही 'हाँ'।

''ओ वेटर! एक कोल्डड्रिंक भी लेते आना।'' शराबी ने जाते हुए वेटर को आवाज़ लगायी।

वेटर रुका और ऑर्डर में कोल्डड्रिंक भी नोट किया और चला गया।

''वाइन पीता है?''

''नहीं! नहीं!'' सचिन जैसे हड़बड़ा गया।

''संस्कारी घर का है, हाँ! चल कोई नहीं।''

वेटर खाना लेकर आया, भोजन का एक निवाला मुँह में जाते ही जैसे सचिन की आत्मा ज़िन्दा हो उठी अनायास ही आँखों में आँसू तैर गये। शराबी एकटक सचिन को निहारता रहा और सचिन छककर भोजन करता रहा।

''और कुछ मँगाऊँ?''

''नहीं! बस, पेट भर गया।''

वेटर बिल लेकर आया। शराबी ने एक बार बिल की तरफ़ देखा फिर एक बार सचिन की तरफ़, फिर बिल की तरफ़ देखा फिर सचिन की तरफ़।

''वाक़ई तू बहुत भूखा था बे! 400 का बिल आया है।'' यह कहकर शराबी ज़ोर से ठहाके लगाने लगा।

शराबी अपनी जेब से पैसे निकाला है और वेटर को देने लगा, सचिन एकटक उन पैसों को देख रहा था और अचानक फूट-फूटकर रोने लगा।

''अब क्यूँ रो रहा है भाई, अब तो पेट भी भर गया ना, अब कायको तंग कर रेला है?''

सचिन अपनी जगह से उठकर शराबी के पास आ गया और रोते हुए ही बोला-

''सुबह से ही भूख से तड़प रहा था, सबसे मदद के लिए विनती कर रहा था, एक-एक कर सभी भगवान के घर गया पर कोई भगवान न मिले, मैं निराश होकर वहाँ से ख़ाली हाथ लौट आया। 'भगवान रहता कहाँ है और मिलता कहाँ है।' अगर आज आप न होते तो मेरा पता नहीं क्या होता।'' यह कह सचिन शराबी से लिपट गया।

7
शैतान कौन?

स्कूल ग्राउंड में सुबह से ही चहल-पहल शुरू हो गयी थी, सारे बच्चे अपने पैरेंट्स के साथ एक-एक कर स्कूल पहुँच रहे थे। आज तो बच्चों के चेहरों की रौनक़ देखने लायक़ थी, सब ख़ुशी से झूम रहे थे। आज वो मौक़ा था जब कोई भी स्टूडेंट अपनी स्कूल यूनिफ़ॉर्म में नहीं था, हर कोई रंग-बिरंगे और मॉडर्न कपड़ों में इतरा रहा था। स्कूल का गेट खुला और स्कूल की दो बसें एकदम दुल्हन-सी सजी हुईं ग्राउंड में आकर खड़ी हो गयीं। बस आते ही चपरासी ने घंटी बजायी और सारे बच्चे बस की तरफ़ दौड़ पड़े।

अब इतनी बातें बताने के बाद आप तो जान ही गये होंगे कि आख़िर माजरा क्या है, फिर भी हम बता देते हैं- बच्चे स्कूल से दूर एक रिसॉर्ट में पिकनिक मनाने जा रहे थे। 'पिकनिक' बिल्कुल सही सुना आपने 'पिकनिक'।

बचपन में जब पिकनिक जाने की बात आती थी, मैं तो बहुत ख़ुश हो जाता था। पहला तो वो स्कूल के रोज़-रोज़ के बोरिंग ड्रेस की जगह नये कपड़े पहनकर जाने को मिलता, फिर तरह-तरह के पकवान, नयी-नयी जगहों पर घूमना, सभी दोस्तों के साथ ढेर सारी मस्ती और बहुत कुछ। शायद आपका भी हाल पिकनिक के नाम पर कुछ ऐसा ही रहा होगा!

सारे बच्चे एक-एक कर बस में चढ़ने लगे। गेट के पास खड़ी स्कूल की मैथ वाली मैम एक-एककर सभी बच्चों को काउंट कर रही थीं कि किस बस में कितने बच्चे बैठ रहे हैं। सभी बच्चों के बस में बैठने के बाद स्कूल के कुछ टीचर एक बस में और कुछ टीचर दूसरे बस में बैठ गये; आज बच्चों को मस्ती करने की खुली छूट थी।

''गणपति बप्पा.....'' रवि सर ने ज़ोर से कहा और सारे बच्चे और टीचर्स एक साथ बोल पड़े-

''मोरया!''

कुछ ऐसी ही आवाज़ दूसरे बस में भी सुनायी पड़ी और एक-एककर दोनों

बसें स्कूल से निकल गयीं। थोड़ी दूर लोकल सड़कों पर चलने के बाद बस हाईवे पर आ गयी और तेज़ रफ़्तार से अपने गंतव्य की ओर बढ़ गयी। बसों में तेज़ साउंड चल रहा था, बच्चे अपनी-अपनी जगह पर बैठे ज़ोर-ज़ोर से गाने के बोल दोहराते हुए झूम रहे थे।

क़रीब एक घंटे के सफ़र के बाद बस एक चिड़ियाघर में पहुँची, वहाँ पहले से सभी का टिकट बुक था। सारे बच्चे क़तार लगाकर चिड़ियाघर में जानवरों को देखने लगे। कोई शेर को देखकर डर जाता तो कोई शरारती बच्चा भालू को चिढ़ाता, कोई तोते से बात करता तो कोई हिरण को देख झूम उठता। जिन जानवरों को वो सब अपनी-अपनी किताबों और टी.वी. में देखा करते थे वो सब आज उनके सामने थे, टीचर्स भी सभी बच्चों से उन जानवरों का परिचय करा रहे थे।

ढेर सारी मस्ती के बाद वे सब चिड़ियाघर से बाहर निकले, वहीं पास के रेस्टोरेंट पर सबने भोजन किया और बस से रिसॉर्ट की ओर चल दिये। लगातार तीन घंटे हाइवे पर चलने के बाद बस एक लोकल रास्ते पर उतर गयी उस रास्ते पर उतरने के कुछ किलोमीटर बाद ही जंगली रास्ता शुरू हो गया, बड़े-बड़े पेड़, चारों तरफ़ हरियाली और पेड़ों पर लदे फलों को देखकर बच्चे तो ख़ुशी से झूम उठे। उस जंगल में ढेर सारे रिसॉर्ट थे और कहीं-कहीं इक्का-दुक्का छोटे-छोटे गाँव भी नज़र आते थे। सारे बच्चे बस में बैठे शांति से बाहर की तरफ़ निगाह लगाये प्रकृति के इस मनोरम दृश्य को देख रहे थे। बच्चे ही नहीं टीचर्स भी प्राकृतिक सुंदरता में लगभग खो चुके थे।

''कितने सारे फल हैं ना ?'' एकदम पीछे वाली सीट पर बैठे दीपेश ने धीरे से कहा।

''हाँ यार ! अपनी तरफ़ होता तो मज़ा ही आ जाता।'' हिमांशु भी लगभग फुसफुसाते हुए बोला।

''वो देख ! वो देख ! कितने बड़े-बड़े अनार हैं।'' दीपेश, हिमांशु को एक अनार से लदे पेड़ की तरफ़ दिखाते हुए बोला। वह दोनों पेड़ देखकर उसके विषय में बातें कर ही रहे थे कि बस एक रिसॉर्ट के पास आकर रुकी, गेट खुला और बस अंदर चली गयी।

शाम हो चुकी थी, आज रात इस रिसॉर्ट में ही रुकने का प्लान था। सभी

इत्ती-सी ख़ुशी

बच्चे बस से उतरकर इधर-उधर घूमने लगे सारे टीचर्स उनकी देख-रेख में लगे हुए थे।

‘‘कितने मस्त अनार थे ना यार? अपने स्कूल की तरफ़ होता तो मैं तो एक भी नहीं छोड़ता।’’ हिमांशु अपनी आँखें बड़ी करके बोला।

‘‘हाँ, अपनी स्कूल की तरफ़ ऐसे अनार के बग़ीचे होते तो हमारे तो मज़े ही मज़े रहते।’’ दीपेश ने भी उसकी बातों का समर्थन किया।

दीपेश और हिमांशु नौवीं में पढ़ते थे और वे दोनों अपनी क्लास के ही नहीं बल्कि पूरे स्कूल के सबसे शरारती लड़के थे।

‘‘मेरे पास एक आइडिया है, अगर तू हेल्प करे तो हमें वो अनार खाने को मिल सकते हैं।’’ दीपेश चलते-चलते ही हिमांशु के कान की तरफ़ अपना मुँह करके धीरे से बोला।

‘‘बोल न भाई, वो अनार खाने के लिए मैं तो कुछ भी कर सकता हूँ।’’ हिमांशु ख़ुशी से एकदम उतावला हो उठा।

वह दोनों वहीं एक कोने में खड़े होकर प्लानिंग करने लगे, दूर खड़ी एक मैम ने उन्हें देखा और मन ही मन बोल पड़ी-

‘‘ये दोनों बदमाश इतनी शांति से खड़े होकर क्या बातें कर रहे है? ज़रूर इनके दिमाग़ में नये खुराफ़ात की कोई “खिचड़ी पक रही है।’’

यह सोचते-सोचते वो उनके पास आ गयी। दोनों अब भी लगातार फुसफुसाते हुए बातें कर रहे थे।

‘‘क्या प्लानिंग हो रही है?’’

मैडम की आवाज़ सुनते ही दोनों हड़बड़ा गये और चेहरे पर डरी हुई मुस्कान लिये बोले, ‘‘कुछ नहीं मैम, वो हम लोग रिसॉर्ट के बारे में बातें कर रहे थे, कितना अच्छा है न?’’

‘‘अच्छे से जानती हूँ तुम दोनों को, यहाँ कोई शरारत मत करना ये स्कूल नहीं है। अगर कोई मस्ती की तो अच्छी पनिशमेंट मिलेगी याद रखना।’’ दोनों को लगभग धमकाकर मैम वहाँ से चली गयीं।

मैम की बातों का उन दोनों पर कोई ख़ास असर नहीं हुआ, वो फिर से अपनी प्लानिंग में जुट गये।

रात हो चुकी थी, सब बच्चे खाना-पीना खाकर अंताक्षरी खेल रहे थे। लेकिन हिमांशु और दीपेश बार-बार घड़ी की तरफ़ देखकर उन सबके सोने का इंतज़ार कर रहे थे। थोड़ी देर में अंताक्षरी ख़त्म हो गयी, मैथ वाली मैम ने सबको सुबह 6 बजे उठने के लिए कहा और सब अपने-अपने बतायी जगह पर सोने चले गये।

रात के क़रीब ग्यारह बजे पूरे रिसॉर्ट में सन्नाटा पसर गया था, सभी अपने-अपने टैंट और कमरों में सो रहे थे। हिमांशु और दीपेश के टैंट में उनके साथ उन्हीं के क्लास के कुछ बच्चों के अलावा क्लास-1 के भी कुछ बच्चे थे, जिनकी देख-रेख की ज़िम्मेदारी बड़े बच्चों की थी। उनके टैंट में भी दिनभर की भागमभाग से थके बच्चे गहरी नींद में सो रहे थे, लेकिन हिमांशु और दीपेश उस अनार के बग़ीचे में जाने के लिए अब भी जाग रहे थे।

''अगर पकड़े गये तो?'' हिमांशु ने पहली बार बहुत धीरे से निगेटिव बात कही।

''अरे नहीं पकड़े जायेंगे, किसी को पता चलेगा तब न कोई पकड़ेगा।'' दीपेश भी फुसफुसाया।

''लेकिन फिर भी अगर कोई देख लिया तो?'' हिमांशु के मन में पकड़े जाने के डर ने डेरा डालना शुरू कर दिया था।

''अच्छा! न पकड़े जायें, तेरे पास ऐसा कोई आइडिया है क्या?'' दीपेश अपनी आवाज़ को दबाये उसे थोड़ा डाँटते हुए पूछा।

हिमांशु ने 'ना' में सिर हिलाकर अपना मुँह नीचे कर लिया।

''आप लोग कहाँ जाने की बात कल लहे हैं भैया?'' उनके बग़ल में लेटी क्लास-1 की रूही ने कहा।

दोनों चौंक गये।

''कहीं तो नहीं, हम लोग तो सुबह घूमने की बात कर रहे थे। तू सोयी नहीं अभी तक?'' हिमांशु ने इस तरह उससे धीरे से पूछा कि कोई और उसकी बातों को सुनकर जाग न जाये।

''मेलो को नींदी नयी आ लही है।'' यह कहते हुए रूही उठकर बैठ गयी।

हिमांशु, दीपेश के कान के लगभग क़रीब आकर बोला-

‘‘हम इसको भी साथ ले चलें क्या ? अगर पकड़े भी गये तो कह देंगे ये बाहर घूमने की ज़िद कर रही थी इसलिए इसे घुमाने ले गये थे, थोड़ी डाँट पड़ेगी लेकिन कुछ ज़्यादा नहीं होगा। क्या बोलता है ?’’

‘‘ये मानेगी ?’’ दीपेश ने कहा।

‘‘रुक देखता हूँ।’’ हिमांशु ने कहा और रूही की तरफ़ घूमकर बोला-

‘‘रूही ! तूने रास्ते में आते वक़्त वो अनार का पेड़ देखा था ?’’

‘‘हाँ ! कित्ता मच्छत था।’’ रूही ने मुस्कुराते हुए कहा।

‘‘तुझे चलना है वहाँ पर ?’’ हिमांशु ने फिर कहा।

‘‘हाँ ! छुबह हम लोग चलेंगे।’’ रूही ख़ुश होकर बोली।

‘‘सुबह कोई नहीं जाने देगा रूही, मैं और ये भैया न अभी जा रहे हैं, तू आ रही है क्या हम लोग के साथ ?’’ हिमांशु ने कहा।

रूही कुछ नहीं बोली तो हिमांशु ने अपनी बात आगे बढ़ायी-

‘‘देख ! एक तो तुझे नींद नहीं आ रही है और वहाँ चलेंगे तो ढेर सारे अनार, सेब, अंगूर खाने को मिलेंगे। आगे तू सोच ले अब, हम लोग तो जा रहे हैं।’’

‘‘ख़ूब मज़ा आयेगा रूही, तू भी चल।’’ दीपेश ने कहा।

रूही तो अबोध थी, वह उनकी लालची बातों में आकर उनके साथ जाने को तैयार हो गयी।

दीपेश ने टैंट से बाहर सिर निकाला तो देखा चारों तरफ़ सन्नाटा छाया हुआ था, वॉचमैन भी अपनी कुर्सी पर बैठा मज़े से सो रहा था। दीपेश टैंट से निकला और दबे पाँव से गेट की तरफ़ बढ़ने लगा, उसके पीछे-पीछे गोदी में रूही को लिये हिमांशु भी चल रहा था। गेट के पास पहुँचकर उसने गेट में लगे छोटे-से दरवाज़े को खोला और तीनों बाहर निकलकर सड़क पर आ गये।

सड़क पर लगे रोडलाइट के प्रकाश में रूही को गोदी में लिये दोनों आगे बढ़ते जा रहे थे। चारों तरफ़ सन्नाटा फैला हुआ था, कहीं-कहीं जंगली कीड़ों की आवाज़ें उस सन्नाटे को भंग करती उनके कानों में पड़ जाया करती थीं, पर दोनों इतने ढीठ थे की डर के रत्ती भर भाव उनके चेहरों पर न दिखायी पड़ रहे थे, वो बस उस अनार के बग़ीचे को ढूँढ़ते उस ओर बढ़े जा रहे थे। थोड़ी देर चलने के

बाद अनार का बग़ीचा आ गया, वो दोनों ख़ुशी से झूम उठे, रूही भी अनार के पेड़ को देखकर ख़ुश हो गयी थी। हिमांशु ने रूही को गोदी से उतारा और दीपेश के साथ मिलकर अनार तोड़ने लगा।

इधर रिसॉर्ट में रवि सर गश्त लगा रहे थे, वो हर एक टैंट में जाकर बच्चों को देखते और आगे बढ़ जाते। जब वे हिमांशु और दीपेश के टैंट में पहुँचे तो उन्हें वहाँ न पाकर एक दफ़ा तो वो झेंप गये, फिर उन्हें लगा शायद बच्चे बाथरूम गये हों और वो दौड़ते हुए बाथरूम की तरफ़ गये लेकिन वो दोनों वहाँ भी नहीं थे। अब तो उनके चेहरे की हवाईयाँ उड़ने लगीं, वो चिल्लाकर-चिल्लाकर सारे टीचर्स को जगाने लगे। सभी टीचर उनके टैंट में पहुँचे तो पता चला उन दोनों के साथ क्लास-1 की रूही भी ग़ायब है, सारे टीचर्स के होश उड़ गये थे। अब तक तो सभी स्टूडेंट्स भी जाग चुके थे, सभी उन्हें पूरे रिसॉर्ट में ढूँढ़ने लगे। देखते ही देखते पूरे रिसॉर्ट में हंगामा हो गया, सारे टीचर्स वहाँ के मैनेजर और सिक्योरिटी से भिड़ गये।

दूसरी तरफ़ हिमांशु और दीपेश मज़े से अनार तोड़ने में लगे हुए थे।

''मुझे भी एक अनार खाने को दो न भैया?'' रूही ने कहा।

''वो छोटा वाला अनार तोड़ के दे दे हिमांशु।'' दीपेश ने कहा

हिमांशु ने जैसे ही अनार तोड़ने के लिए हाथ आगे बढ़ाया उसके हाथ पर ऊपर कहीं से अनार का छिलका गिरा, हाथ पर छिलका गिरते ही उसने नज़रें ऊपर उठायीं तो उसकी चीख़ें निकल गयीं।

.... ''मम्मीईईईई''

उसके चिल्लाने से दीपेश और रूही की भी निगाहें ऊपर गयीं तो वो भी चिल्ला उठे। अनार के पेड़ के बग़ल से ही लगे एक विशाल काय बरगद के पेड़ की डाली पर बैठी एक चुड़ैल अनार छील-छील के खा रही थी। दीपेश और हिमांशु के तो होश उड़ गये थे, सारे तोड़े हुए अनार को वो वहीं छोड़कर अपनी जान बचाते हुए रिसॉर्ट की ओर भागे। डर के मारे वो दोनों यह भी भूल गये थे कि वो रूही को भी अपने साथ लेकर आये हैं। रूही भी नन्हे-नन्हे क़दमों से उनके पीछे चीख़ती हुई भागी लेकिन अभी वो दो-चार क़दम ही गयी थी कि उसका पैर लताओं में उलझ गया और रूही वहीं गिर पड़ी। वह ज़ोर-ज़ोर से चीख़-चिल्ला रही थी-

‘‘भैया ! भैया !’’

लेकिन उन दोनों ने पीछे मुड़कर भी न देखा।

बड़ी-बड़ी आँखें, भयानक चेहरा, गंदे दाँत, बड़ी-बड़ी डाली के नीचे तक लटकते कपड़े, एक हाथ में आधा अनार लिये हुए चुड़ैल ज़मीन पर पड़ी रूही को देख रही थी। उसने आधा खाया हुआ अनार फेंक दिया और पेड़ से उतरने लगी, पेड़ की सबसे नीचे वाली डाली से चुड़ैल झम्म से सूखी पत्तियों पर कूदी तो रूही कि साँसें ही अटक गयीं। एक दफ़ा तो वो सहमकर शांत हो गयी मगर फिर ज़ोर-ज़ोर से रोने लगी।

पेड़ से उतरकर धीरे-धीरे चुड़ैल रूही के क़रीब आने लगी-

“डरो नहीं बेटा, डरो नहीं।” चुड़ैल यह कहते हुए रूही के पास आ गयी और उसके कँधे पर हाथ रखकर बोली-

‘‘क्या हुआ बेटा ?’’

‘‘मम्मीईईईई....’’ रूही और ज़ोर से चीख़ पड़ी।

‘‘रोते नहीं! तुम्हें अनार खाना है न, ये देखो मैं तुम्हारे लिए कितना अनार लायी हूँ।’’ चुड़ैल ने उसे पुचकारा।

रूही थोड़ा शांत हुई, उसने धीरे-धीरे अपना सिर ऊपर की ओर उठाया लेकिन चुड़ैल का भायानक चेहरा देख वो फिर चीख़कर अपना मुँह नीचे छुपा ली।

‘‘डरो नहीं बच्चा, मैं तुम्हें नहीं मारूँगी; मैं किसी को नहीं मारती।’’ चुड़ैल ने कहा।

‘‘नहीं तुम चुड़ैल हो, चुड़ैल बच्चों को मालकल खा जाती हैं।’’ रूही रोते हुए बोली।

‘‘नहीं! ये झूठ बात है बेटा। अच्छा तुम मेरे हाथ से ये अनार खा लो मैं चली जाऊँगी।’’ चुड़ैल अपने गंदे से कपड़े की जेब से एक अनार निकालकर रूही की ओर बढ़ाते हुए बोली। रूही ने सिर ऊपर उठाया लेकिन चुड़ैल के चेहरे की तरफ़ न देखा। चुड़ैल अपने बड़े-बड़े गंदे नाख़ूनों से अनार छील-छीलकर रूही को देने लगी। एक दो बार तो रूही को उसके हाथ से अनार खाने में डर लगा पर थोड़ी देर बाद वो मज़े से अनार खाने लगी।

इधर हिमांशु और दीपेश चीख़ते, भागते, लड़खड़ाते रिसॉर्ट पहुँचे, रिसॉर्ट में पुलिस भी आ चुकी थी। सारे लोग बौखलाए हुए थे, पुलिस रिसॉर्ट के मैनेजर से पूछताछ कर ही रही थी कि हिमांशु धड़ाम से आकर गेट से लड़ा और अंदर की तरफ़ गिर पड़ा, दीपेश भी चिल्लाते हुए रिसॉर्ट में घुसा। हिमांशु और दीपेश को देखकर सभी लोग उनकी तरफ़ भागे, वो दोनों डर के मारे हाँफते हुए सारी बात सच-सच बता दिये।

"रूही कहाँ है?" एक सर ने पूछा।

"हमें नहीं पता, शायद वो वहीं छूट ग...." हिमांशु अपनी बात पूरी भी नहीं कर पाया था कि उसके गाल पर एक ज़ोरदार थप्पड़ पड़ा, वो लड़खड़ा कर दूसरी तरफ़ जा गिरा।

"नालायको! तुम्हें अंदाज़ा भी है तुम्हारी इस शरारत से वह नन्ही-सी बच्ची किस मुसीबत में फँस गयी होगी।"

"अब इन्हें बाद में डाँट-मार लेना पहले चलकर उस बच्ची को देखते हैं।" इंस्पेक्टर ने कहा।

हिमांशु और दीपेश को लेकर सब रूही को ढूँढ़ने अनार के बग़ीचे की ओर भागे।

"आप तो बहुत अच्छी चुड़ैल हैं।" रूही ने कहा।

"सच्ची?"

"हाँ! आप बिल्कुल मम्मा दैथे अनाल खिलाती हो।" रूही ने फिर कहा।

चुड़ैल एकटक रूही को देख रही थी और रूही बिना डरे मज़े से अनार खा रही थी। अचानक ही चारों ओर तेज़ शोर उठा और एक बड़ा-सा पत्थर चुड़ैल के सर पर आके लगा और वह चीख़ते हुए दूसरी ओर जा गिरी। तब तक एक हवलदार दौड़कर आया और रूही को गोदी में उठाकर पेड़ के पीछे की तरफ़ भागा।

बग़ीचे में चारों ओर से लोग इकट्ठा हो गये थे, सभी बच्चे और वहाँ इकट्ठा हुए लोग चुड़ैल को पत्थर फेंक कर मारने लगे। चुड़ैल उन पत्थरों की मार से बचती हुई बरगद के पेड़ पर चढ़ने लगी, तभी किसी ने एक बड़ा-सा डंडा फेंककर मारा और वह फिर नीचे आ गिरी। लोग शोर मचाने लगे जैसे वो अपने

जीतने और चुड़ैल के हारने का जश्न मना रहे हो।

''मारो इस चुड़ैल को ! ख़त्म कर दो ताकि ये किसी और को दोबारा न डरा सके।'' भीड़ में से किसी ने चिल्लाकर कहा।

''चुड़ैल नहीं हूँ मैं।'' चुड़ैल ज़ोर से चिल्लायी।

लेकिन उसकी आवाज़ जैसे कोई सुन ही न रह हो, लोग शोर मचाने में मशगूल थे।

''नहीं हूँ ! नहीं हूँ ! नहीं हूँ ! चुड़ैल नहीं हूँ मैं।'' चुड़ैल के हृदय का दर्द फूट पड़ा, वह पूरा ज़ोर लगाकर चीख़ पड़ी।

उसके चिल्लाने से धीरे-धीरे लोगों का शोर कमज़ोर पड़ने लगा। चुड़ैल ज़ोर-ज़ोर से रोने लगी, चीख़ने लगी। चारों ओर सन्नाटा छा गया था, लोग एक-दूसरे की ओर देखकर हक्के-बक्के से फिर चुड़ैल को देखने लगे।

''मैं चुड़ैल नहीं हूँ ! तुम लोग चुड़ैल हो, दरिंदे हो, शैतान हो। तुम लोग कल भी शैतान थे, तुम लोग आज भी शैतान हो। तुम इंसान नहीं हो शैतान हो, जानवर हो, चुड़ैल हो, भूत हो तुम कभी सुधर ही नहीं सकते। तुम अपने आपको धरती का सबसे श्रेष्ठतम प्राणी समझते हो ? लेकिन तुमसे बड़ा क्रूर इस धरती पर दूसरा कोई प्राणी नहीं है। तुम कभी छोटी बच्ची का रेप करते हो, कभी किसी ग़रीब को लूटते हो, कभी किसी अपंग को पीटते हो, कभी किसी बेजुबान जानवर को बांधकर मारते हो और कभी मुझ जैसी ख़ूबसूरत औरत के चेहरे पर अपने अभिमान और अहंकार के कारण एसिड फेंक देते हो।'' अंतिम लाइन कहते-कहते उसकी आवाज़ धीमी पड़ी गयी वह फूट-फूटकर रोने लगी। वह रोते हुए फिर चिल्लायी-

''हाँ ! मैं भी तुम सब की तरह इंसान थी, लेकिन तुम्हारी शैतानी फ़ितरत ने, तुम्हारी क्रूरता ने मुझे यहाँ इस हालत में रहने पर मजबूर कर दिया है।''

उसकी बातें सुनकर लोग धीरे-धीरे उसके क़रीब आने लगे, रूही भी अपनी टीचर का हाथ पकड़े उसके पास आकर खड़ी हो गयी।

''मेरा भी एक छोटा सा घर था, मैं मेरे पति राकेश और मेरी छोटी-सी बच्ची आरोही, हम तीनों बहुत ख़ुशी-ख़ुशी जीवन बिता रहे थे। लेकिन एक अमीर बाप की मनचली औलाद को मेरी चमड़ी से मोह हो गया, यह जानते

हुए भी कि मैं शादी-शुदा हूँ वह मुझसे ज़बरदस्ती करने लगा। मैंने उसे लाख समझाया, मना किया पर जैसे वह मानने को तैयार ही न था। एक दिन आरोही को स्कूल से छोड़कर घर आते वक़्त भरे बाज़ार में उसने मेरा हाथ पकड़ लिया, मैंने उसे सबक़ सिखाने के लिए भरे बाज़ार में उसे थप्पड़ मार दिया। इस बात से उन महाशय के एटीट्यूड पर बात आ गयी, उसने मुझसे बदला लेने के लिए मेरे ख़ूबसूरत चेहरे को नष्ट करने के लिए मुझ पर एसिड फेंक दिया। लोग मुझे हॉस्पिटल ले गये, राकेश ने मेरी ख़ूब देखभाल की मेरी जान बचा ली। मेरा ख़ूबसूरत चेहरा जल चुका था, जो लोग मेरी ख़ूबसूरती की तारीफ़ करते न थकते थे वो अब मुझसे सीधे मुँह बात भी नहीं करते थे। राकेश मुझसे कहते नहीं थे लेकिन वह भी मेरी तरफ़ निगाह उठाकर नहीं देख पाते थे। आरोही तो कभी-कभी मेरा चेहरा देखकर चीख़ पड़ती थी। मैं अपनों पर ही बोझ बन गयी थी, मैंने घर छोड़कर अकेले ज़िन्दगी बिताने का फ़ैसला कर लिया। एक रात बिना किसी को बताये मैं घर से निकल गयी, लेकिन मैं इस जंगल के आस-पास के गाँव में पहुँची ही थी कि लोग मेरे चेहरे को देख मुझे दूसरी दुनिया का इंसान समझने लगे। उन्हें शायद अपने उजले मुखड़ों के सामने मेरा जला चेहरा न भाया, लोग मुझे पत्थर मारने लगे, मेरे ऊपर गंदा पानी फेंकने लगे, मैं नीचे गिर जाती तो मुझे घसीटने लगते। मैं किसी तरह जान बचाकर इस जंगल में पहुँच पायी और यहीं पेड़ पर रहने लगी। उसके बाद से तो सिर्फ़ मुझे राम का ही सहारा था, मैं आज तक किसी भी इंसान के सामने न आयी, न ही कभी किसी को डराया। उनसे बचते ही फिरती रहती थी, जो मिला खा लिया न मिला तो भूखे सो गयी।

मैं आज भी इनके सामने न आती लेकिन इस छोटी-सी बच्ची को देखकर मुझे मेरी आरोही की याद आ गयी। इसे अनार खिलाते वक़्त मुझे ऐसा लग रहा था जैसे मेरे मातृत्व की तरंगें मेरी आरोही तक पहुँच रही थीं। मेरी आत्मा को मातृत्व का सुख मिल रहा था, लेकिन शायद तुम लोगों से मेरा यह सुख भी न देखा गया। तुम लोग कभी नहीं सुधर सकते..."

यह कहते-कहते वह उठ खड़ी हुई और अपने बड़े-बड़े गंदे से कपड़े को समेटने लगी और एक ही बात लगातार बोल रही थी-

"तुम लोग कभी नहीं सुधर सकते.....तुम लोग कभी नहीं सुधर सकते......" यह कहते हुए उसने अपने कपड़ों को समेटा और उस घने से जंगल में एक ओर चल पड़ी। सभी उसे जाते हुए देख रहे थे लेकिन शर्मिंदगी के कारण कोई एक

शब्द भी न बोल सका। उस महिला के साथ हुए अत्याचार की कहानी सुन वहाँ उपस्थित सभी की आँखें भर आयी थीं, वे सब अपने किये पर शर्मिंदा थे।

4
सर्व शिक्षा अभियान

आज ही रणविजय सिंह जी ने बिशनपुर गाँव की कमान सँभाली है।

इस बार प्रधानी के चुनाव में बड़ी उठा-पटक रही। वैसे तो चुनावी रण में गाँव के 18 दिग्गज कूद पड़े थे, लेकिन 15 प्रत्याशी सिर्फ़ अपने घर का ही वोट बटोर पाये। लड़ाई सिर्फ़ मुन्ना यादव, पंडित बिरजू उपाध्याय और रणविजय सिंह जी में थी, त्रिकोणीय लड़ाई में रणविजय सिंह जी जैसे-तैसे नज़दीकी मामले में मुन्ना यादव को 30 वोटों से पराजित करने में सफल हो पाये थे।

पंडित बिरजू उपाध्याय की धाक पूरे गाँव पर पहले से ही थी, पंडित जी पिछले तीन पंचवर्षीय से लगातार गाँव के प्रधान का पद सँभाल रहे थे। मुन्ना यादव गाँव के धाकड़ युवा थे, सफ़ेद कुर्ता पहन वो बुलट की सवारी किया करते थे, जिनके एक इशारे पर सैकड़ों की संख्या में युवा इकट्ठा हो जाते। लफड़े-झगड़े करना तो उनकी आदत-सी थी, वह पहली बार चुनावी रण में कूदे थे और ख़ूब लड़े भी थे, लेकिन रणविजय सिंह गाँव के रईस घराने के और शहर में पढ़े-लिखे थे। रणविजय सिंह गाँव के लिए कुछ करना चाहते थे, उन्होंने नये गाँव के मॉडल का सपना दिखा लोगों को आकर्षित कर लिया था और उनकी बात शायद गाँव के लोग आसानी से समझ पाये थे। बदलते गाँव को देखने के लिए भी सब उत्सुक थे।

कल काफ़ी रात तक पूरे गाँव में डीजे बजता रहा था, 'रणविजय भैया ज़िन्दाबाद!' के नारे पूरे गाँव में गूँजते रहे थे। गाँव को एक नया और युवा मुखिया मिल गया था। सुबह-सुबह ही रणविजय नित्य-कर्म स्नान आदि सम्पन्न कर बजरंगबली के दर्शन किये और पंचायत ऑफ़िस पहुँच गये। पंचायत ऑफ़िस रद्दी पेपर और धूल से भरा हुआ था, गाँव के कुछ लोगों को बुलाकर उन्होंने पूरे पंचायत ऑफ़िस की सफ़ाई करवाई। पूरे ऑफ़िस को उन्होंने अपने हिसाब से सेटअप कराया और उसमें एक कंप्यूटर की व्यवस्था करायी। सारी तैयारियाँ हो चुकी थीं, रणविजय ने गाँव की कमान सँभाल ली थी। वह पंचायत

ऑफ़िस से निकला और बाहर आकर खड़ा हो कुछ विचार करने लगा। पंचायत ऑफ़िस के सामने ही गाँव का प्राथमिक विद्यालय था, प्राथमिक विद्यालय के गेट पर बड़े-बड़े अक्षरों में स्कूल का नाम लिखा हुआ था जैसा लगभग सभी विद्यालयों के गेट पर लिखा होता है। उसके नीचे एक बड़ी-सी पेंसिल बनी हुई थी, जिसपर आगे एक लड़की और पीछे एक लड़का बैठा हुआ था और नीचे लाल रंग के अक्षरों में लिखा था 'सर्व शिक्षा अभियान'। रणविजय एकटक उस लाइन को देखता रहा, फिर अचानक उसके मन एक बात कौंध गयी..... किसी देश, राज्य, शहर या गाँव का विकास तभी सम्भव है जब वहाँ के लोग पढ़े-लिखे और शिक्षित हों। तो क्यों न पहले लोगों की शिक्षा का ही हाल जाना जाये।

रणविजय पंचायत ऑफ़िस से निकलकर स्कूल की तरफ़ बढ़ गया, उसने स्कूल का गेट खोला और अंदर चला गया। स्कूल में चारों तरफ़ बड़ी शांति थी, बरगद के पेड़ के नीचे ज़मीन पर बैठे कुछ 10 से 15 बच्चे पढ़ाई कर रहे थे। मास्टर साहब एक पतली-सी छड़ी लिये श्यामपट्ट पर 11 से 20 तक का पहाड़ा लिख बग़ल में एक कुर्सी पर बैठे थे और श्यामपट्ट पर लिखे पहाड़ों को सारे बच्चे अपनी कॉपी में नोट कर रहे थे। बरगद के पेड़ की छाया में दूसरे छोर पर एक मेज़ पर धोती-कुर्ता पहने मुंशी जी रजिस्टर में कुछ लिख रहे थे और उनके आसपास चार-पाँच लोग बैठे गप्प लड़ा रहे थे। रणविजय के पहुँचते ही सभी लोग शांत हो गये।

''नमस्ते मुंशी जी।''

''नमस्ते! नमस्ते! प्रधान जी, आइए बैठिए।'' मुंशी जी ने एक ख़ाली पड़ी कुर्सी की तरफ़ इशारा करके कहा।

''और मुंशी जी क्या हाल है?''

''बढ़िया है भाई, बस कट रही है। तुम्हारा क्या हाल पूछें? तुम तो अब गाँव के प्रधान हो गये हो।'' मुंशी जी ने मुस्कुराते हुए कहा और वहाँ बैठे अन्य लोगों की तरफ़ नज़र घुमाकर बोले-

''रणविजय भी इसी बरगद के नीचे बैठ के पढ़े हैं, अब देखो गाँव के प्रधान हो गये हैं।''

''ये लोग कौन हैं मुंशी जी?'' रणविजय ने पूछा।

''बेटा ये सब इसी विद्यालय के मास्टर हैं।''

मुंशी जी के इतना कहते ही रणविजय ने सबका अभिवादन किया और फिर बोला-

"लेकिन मुंशी जी आज तो स्कूल में बड़ी शांति है, क्या सिर्फ़ एक ही कक्षा के बच्चों को बुलाया गया है?"

मुंशी जी लगातार लिखते हुए मुस्कुराए तब तक बग़ल में बैठे मास्टर साहब ने कहा-

"नहीं, हमारे विद्यालय में इतने ही छात्र हैं।"

"सिर्फ़ इतने ही छात्र?" रणविजय ने आश्चर्य से कहा।

"हाँ, अब कौन अपने बच्चों को सरकारी स्कूलों में पढ़ाना चाहता है?" मुंशी जी ने लगातार लिखते हुए कहा।

"क्यूँ? क्यूँ नहीं पढ़ाना चाहता?" रणविजय ने फिर पूछा।

"मानसिकता! लोगों की एक मानसिकता बन गयी है कि सरकारी स्कूलों में अच्छी पढ़ाई नहीं होती और कॉन्वेंट स्कूल के टीचर उन्हें आईंस्टीन बना देंगे।" बग़ल में बैठे एक मास्टर साहब ने कहा और मुंशी जी सहित सभी मास्टर ने एक व्यंग्य मुस्कान के साथ उन मास्टर साहब की बातों का समर्थन भी किया।

"लेकिन प्रधान जी सच तो यह है कि मेहनत तो हम कॉन्वेंट स्कूल के टीचरों से कम नहीं करते, आप ख़ुद जाकर हमारे बच्चों का टेस्ट ले लीजिये अगर एक भी बच्चा कमज़ोर हो तो कहिएगा।" मास्टर साहब ने अपनी बात आगे बढ़ायी।

"इस वक़्त स्कूल में कितने अध्यापक हैं?" रणविजय ने उन्हीं मास्टर साहब से सवाल किया लेकिन वो कुछ बोलते की उससे पहले बग़ल में बैठे एक बड़े ही कम उम्र के युवा जो शायद अभी नयी भर्ती के मास्टर थे वो बोल पड़े-

"यहाँ मुंशी जी को लेकर हम कुल 5 टीचर हैं, जिसमें एक मुंशी जी 2 सहायक अध्यापक और 2 शिक्षामित्र।"

रणविजय एकटक कुछ देर तक उन्हें देखता रहा और फिर बड़े धीरे से बोला-

"और छात्र?"

''सभी पाँच कक्षाओं को मिलाकर यहाँ पर कुल 13 बच्चे हैं।''

रणविजय कुछ बोलता की मुंशी जी अपना लिखना रोककर ख़ुद बोल पड़े-

''गाँव वाले कहते हैं कि सरकारी स्कूल के मास्टर घर से एक थाली खाकर आते हैं और स्कूल में आकर सोते हैं। अब तुम बताओ 13 बच्चों पर 5 अध्यापक हैं, कैसे पढ़ाया जाये? एक मास्टर साहब पढ़ाते हैं तो बाक़ी 4 लोग बैठे रहते हैं, क्या किया जाये। ऐसा नहीं कि हम नहीं चाहते कि यहाँ बच्चे पढ़ने आयें, अगर लोग अपने बच्चों को सरकारी स्कूलों में भेजें तो हम कॉन्वेंट स्कूलों से कम नहीं पढ़ायेंगे। अरे उनसे ज़्यादा योग्य हैं, हमने टीचर बनने की एग्ज़ाम पास की है, ट्रेनिंग ली है। लेकिन लोग ख़ुद के बच्चों को भेजेंगे नहीं सिर्फ़ हमपे इल्ज़ाम लगायेंगे।'' यह कह मुंशी जी फिर लिखने लगे।

रणविजय कुछ देर तक सोचता रहा और फिर वहाँ से उठकर बरगद के दूसरे छोर पर जहाँ बच्चें पढ़ रहे थे वहाँ आ गया। रणविजय के वहाँ आते ही मास्टर साहब वहाँ से उठकर जहाँ सभी अध्यापक बैठे थे वहाँ चले गये। रणविजय के क्लास में पहुँचते ही सभी बच्चों ने खड़े होकर एक सुर में उनका अभिवादन किया-

''गुड मॉर्निंग सर!'' उनका अभिवादन देख रणविजय एक चेहरे पर एक प्यारी-सी मुस्कान आ गयी।

''गुड मॉर्निंग, गुड मॉर्निंग बच्चो। बैठो, बैठो।''

सारे बच्चे बैठ गये। रणविजय वहीं खड़ा होकर अपने मुस्कुराते चेहरे के साथ सभी बच्चों को निहारने लगा, शायद वह अपने बचपन के दिनों को याद कर रहा था। बचपन एक ऐसा ख़ूबसूरत पल होता है जिसकी अहमियत हर किसी को जवानी आने पर ही पता चलती है।

''तुम खड़ी हो बेटा।'' रणविजय ने सबसे आगे बैठी एक लड़की से कहा और वह खड़ी हो गयी।''

''क्या नाम है आपका?''

''गुड़िया''

''कौन-सी कक्षा में पढ़ती हो?''

''जी कक्षा-4 में।''

"क्या पढ़ा आज आपने?"

"जी सर जी ने आज पहाड़ा लिखाया और याद कराया।"

"याद हो गया आपको?"

"हाँ सर याद है।"

"चलो 13 का पहाड़ा सुनाओ?"

रणविजय के कहते ही गुड़िया ने फर्राटेदार 13 का पहाड़ा सुना दिया।

"वेरी गुड, बैठ जाओ।"

"किस-किस को 13 का पहाड़ा याद है? ज़रा हाथ उठाओ तो।"

2 लड़कों को छोड़कर लगभग सभी बच्चों ने हाथ उठा दिया।

"क्यों भाई आप लोगों को नहीं याद है?"

दोनों बच्चों ने सिर तक ऊपर नहीं उठाया और वो शर्माकर अपना सिर और नीचे कर लिये। रणविजय ने उन्हें कुछ नहीं कहा और एक अन्य लड़के की तरफ़ इशारा करके कहा-

"आप खड़े हो जाओ बेटा।"

"क्या नाम है आपका?"

वह लड़का कुछ बोलता तब तक बग़ल में बैठा एक लड़का बोल पड़ा-

"सर जी इनका नाम चिंटू है।"

"नहीं सरजी सौरभ! सौरभ नाम है हमारा।" उस लड़के ने हड़बाड़कर और उस दूसरे लड़के को घूरते हुए कहा।

पूरे क्लास के साथ रणविजय भी ठहाका मारकर हँसने लगा।

"अरे भाई जिसका नाम है वही बतायेगा किसी दूसरे का नाम कोई नहीं बतायेगा।"

"कौन-सी क्लास में पढ़ते हो?"

"सर जी क्लास-फ़ाइव में।"

"तो सौरभ क्या आपको पता है हमारे देश के पहले राष्ट्रपति कौन थे?"

"जी सर ...डॉ. राजेन्द्र प्रसाद।"

‘‘बहुत अच्छा।’’

‘‘सौरभ आपको अपनी पाठ्य पुस्तक की कोई कविता याद है?’’

‘‘हाँ सर जी याद है।’’

‘‘सुनाओ।’’

‘‘विमल इंदु की विशाल किरणें,

प्रकाश तेरा बता रही हैं......’’

सौरभ ने पूरे सुर-ताल के साथ वह कविता सुनाई, वही सुर-ताल जिसमें हम आप भी कविता सुनाया करते थे। अगर आपने भी सरकारी स्कूल में पढ़ाई की होगी तो यह कविता तो आपको याद होगी ही होगी और साथ ही इसका सुर और ताल भी पता ही होगा।

‘‘बहुत अच्छा सौरभ, बैठ जाओ।’’

रणविजय ने बग़ल में पड़ी कुर्सी अपने पास खींच ली और उस पर बैठ गया। उसने एक नज़र सभी बच्चों पर डाली और धीरे से कहा-

‘‘क्या आप लोगों का कॉन्वेंट स्कूलों में पढ़ने का मन नहीं करता?’’

पूरी कक्षा में सन्नाटा छा गया।

‘‘क्यों गुड़िया, तुम बोलो मन नहीं करता?’’

‘‘मन तो करता है, सरजी लेकिन वहाँ फ़ीस बहुत लगती है। पापा से कहा था लेकिन पापा ने कहा, हम उतनी फ़ीस नहीं दे पायेंगे।’’

‘‘क्या करते हैं आपके पापा?’’

इस सवाल से गुड़िया का चेहरा शर्म से लाल हो गया, उसने सिर नीचे कर लिया।

‘‘क्या हुआ बेटा? बोलो शरमाओ नहीं, बोलो?’’

‘‘इनके पापा मनरेगा में काम करते हैं सरजी, सड़क बनाते हैं।’’ बग़ल में बैठे एक लड़के ने कहा।

‘‘तो इसमें शर्माने की क्या बात है गुड़िया? अरे आपके पापा बहुत बड़ा काम करते हैं सोचो अगर वो सड़क ना बनाते, तो हम सब कैसे चलते। आपके पापा तो बहुत अच्छा काम करते हैं, उनकी वजह से ही तो इतनी बड़ी-बड़ी

गाड़ियाँ हमारे गाँव में आ पाती हैं और फिर वो तो सरकार के लिए काम करते हैं, हम सब भी तो सरकार के लिए काम करते हैं। आपके पिताजी को सरकार ने सड़क बनाने की ज़िम्मेदारी दी है, मुझे गाँव की ज़िम्मेदारी दी है, आपके मुंशी जी को ये स्कूल सँभालने की ज़िम्मेदारी दी है। हम सब सरकार का काम करते हैं और इस देश के संचालन में सहयोग करते हैं।''

गुड़िया का शर्म छूमंतर हो गया था लेकिन उसने कुछ सोचकर बड़ी मासूमियत से कहा,

''मुंशी जी भी सरकार के लिए काम करते हैं, मेरे पिताजी भी सरकार के लिए काम करते हैं, फिर मुंशी जी के बच्चे कॉन्वेंट स्कूल में कैसे पढ़ लेते हैं और हम लोग क्यों नहीं पढ़ पाते?''

यह सवाल ने तो रणविजय का दिल थाम दिया, वह कुछ भी ना बोल सका। उसने गुड़िया की तरफ़ देखा और हल्का-सा मुस्कुराकर गुड़िया के सिर पर हाथ फेरा और वहाँ से उठकर सभी अध्यापकों के पास चला गया।

''मुंशी जी हम गाँव में कैम्पेन करेंगे और सभी लोगों से आग्रह करेंगे कि वो अपने बच्चों को सरकारी स्कूलों में पढ़ने के लिए भेजें। लेकिन हाँ! यह आग्रह हम सबसे पहले आपसे करते हैं, सबसे पहले आप अपने बच्चों का दाख़िला इस विद्यालय में करवाइये।'' रणविजय की बात सुन मुंशी जी तो एक बार झेंप गये। इससे पहले कि वो कुछ कहते, रणविजय वहाँ स्कूल के गेट की ओर चल पड़ा, बाहर निकलकर उसने अपनी गाड़ी स्टार्ट की और गाँव की तरफ़ निकल गया।

उस दिन रणविजय ने सारे कॉन्वेंट स्कूलों की फ़ीस और उनके पढ़ाने के तरीक़ों को पता किया। रविवार के दिन गाँव के प्राथमिक विद्यालय पर ही एक चौपाल का आयोजन किया गया, चौपाल में गाँव के लगभग सभी लोग उपस्थित थे। बरगद के पेड़ के नीचे चारों तरफ़ से कुर्सियाँ लगी हुई थीं, लोग कुर्सी पर बैठे रणविजय के बोलने का इंतज़ार कर रहे थे। रणविजय एक नीले रंग की जीन्स और कुर्ता पहने गले में एक सफ़ेद गमछा लपेटे हुए बोलना आरंभ किये...

''हमारे ग्राम-प्रधान बनने के बाद गाँव की यह पहली चौपाल है और पहली चौपाल हमारी शिक्षा को लेकर है। शिक्षा हर इंसान के लिए ज़रूरी है, आज दौर बदल चुका है, ज़माना तेज़ी से डिजिटल हो रहा है। बच्चे भी इन सब चीज़ों के साथ बदलाव के दौर में हैं, हर किसी को अपने बच्चों को डॉक्टर,

इंजीनियर बनाना है लेकिन महँगाई अपने चरम पर है, जिसके घर की कमाई-धमाई अच्छी है वो तो अपने बच्चों को कॉन्वेंट स्कूलों में भेज देते हैं, लेकिन जो बेचारे ग़रीब हैं वो अपने बच्चों को कॉन्वेंट स्कूलों में नहीं भेज पाते। अब सवाल यह उठता है कि, क्या उन्हें अच्छी शिक्षा नहीं मिलती? मिलती है। सरकारी स्कूलों में पढ़ने वाले बच्चों ने भी बुलंदियों को छूआ है। जिस वक्त हम यहाँ पढ़ते थे यहाँ छात्रों का ताँता लगा रहा था, बैठने के लिए स्कूल का टाट कम पड़ जाता था तो हम घर से ख़ुद बोरी लाते थे और उस पर बैठकर पढ़ाई किया करते थे और हमारे साथ पढ़ने वाले अपने ही गाँव के कई बच्चे सफल हुए हैं। हमारे बैच के 2 लड़के डॉक्टर, 3 इंजीनियर और 1 आई.ए.एस ऑफ़िसर हैं, तो क्या उन लोगों की शिक्षा अच्छी नहीं थी? कॉन्वेंट स्कूलों में आज 500 से 700 तक महीने की फ़ीस लगती है और वहाँ के ड्रेस, आने-जाने के लिए गाड़ी की फ़ीस, महँगी किताबें और ना जाने कितने अन्य ख़र्च और यहाँ सरकारी स्कूल में निःशुल्क पढ़ाई, निःशुल्क ड्रेस, निःशुल्क खाना, निःशुल्क किताबें। आज गाँव में लोगों के सिर पर बच्चों को पढ़ाना एक बहुत बड़ी समस्या बन चुकी है, कुछ लोग तो सारे ख़र्च वहन कर लेते हैं, लेकिन कुछ ऐसे भी लोग हैं जो अपने बच्चों की प्राथमिक पढ़ाई के लिए भी क़र्ज़ ले रहे हैं और जो नहीं भर पाते उनके बच्चों को रोज़ क्लास में खड़े कर परेशान किया जाता है, उन्हें कक्षा से बाहर निकाल दिया जाता है। इससे बच्चों की मानसिकता दब जाती है, वो बचपन से ही ख़ुद को अमीर-ग़रीब के फ़र्क़ में देखने लगते हैं। फिर पता नहीं आप लोग अपने बच्चों को क्यूँ कॉन्वेंट स्कूलों में पढ़ने भेजते हैं?

“तो आप हमसे क्या चाहते हैं प्रधान जी?” एक नौजवान ने कहा।

“हम आपसे बस इतना चाहते हैं कि आप अपने बच्चों को कॉन्वेंट स्कूल की जगह गाँव के सरकारी स्कूल में पढ़ने के लिए भेजें। सरकार द्वारा नियुक्त किये गये शिक्षकों पर भरोसा रखें, ये आपके बच्चों को कॉन्वेंट स्कूलों के शिक्षकों से कम अच्छा नहीं पढ़ायेंगे। सरकार इन्हें वेतन आपके बच्चों को पढ़ाने के लिए देती है यदि ये इसमें ज़रा भी लापरवाही बरतें तो आप इनसे सवाल-जवाब कीजिए, इनसे पूछिए कि ये क्यों लापरवाही करते हैं? ये आप लोगों का हक़ है।”

वहाँ उपस्थित कुछ लोगों को तो रणविजय की बात समझ आयी, लेकिन कुछ को ये सब बातें बकवास लग रही थीं। उसमें एक मोटे से आदमी ने बड़ी

निर्लज्जतापूर्वक कहा-

"अरे प्रधान जी, कहाँ ये सरकारी स्कूलों के चक्कर में पड़ रहे हैं, आप भी दू-चार खड़ंजा बिछवाकर रजिस्टर मेंटेन कीजिए और मुंशीजी को भी चैन से रहने दीजिए और आप भी प्रधानी का मेवा काटिए।" यह कह वह अकेले ही हँस पड़ा और दो चार लोगों ने व्यंग्य मुस्कान के साथ उस मोटे व्यक्ति की बातों का समर्थन भी किया।

"अब तक सब मेवा ही काट रहे थे, इसलिए सभी लोगों की जेबें कॉन्वेंट स्कूल वाले काट रहे हैं और अगर हम और मुंशी जी चैन से बैठ गये ना तो गाँव का भविष्य बेचैन हो उठेगा।" रणविजय ने बड़े ही प्यार से मुस्कान के साथ कहा।

"देखिए आप सब बस एक बार हम सब पर भरोसा कीजिए और अपने बच्चों को गाँव के सरकारी स्कूलों में भेजिए। मैं आपको इस बात का भरोसा दिलाता हूँ कि स्कूल का पूरा स्टॉफ़ मेहनत से बच्चों को पढ़ायेगा और उनके भविष्य को उज्ज्वल बनाने की पूरी कोशिश करेगा; रणविजय ने गाँव वालों के सामने अपने हाथ जोड़ लिये।

उस दिन रणविजय की कही बात गाँव के लगभग 60 प्रतिशत लोगों के समझ में आ गयी, सभी ने एक बार रणविजय पर भरोसा किया और अपने बच्चों का दाख़िला सरकारी स्कूलों में करवाया। अब लगभग सभी कक्षा में 20 से 25 बच्चे थे। रणविजय ने मुंशी जी और अन्य अध्यापकों के साथ मिलकर पढ़ाई की पूरी सारणी बना दी और बच्चों की पढ़ाई जमकर शुरू हुई। गाँव के अन्य कामों के साथ-साथ रणविजय स्कूल का ख़ासा ख़याल रखता था। ज़िले तथा प्रदेश स्तर की प्रतियोगिताओं में भी सारे बच्चे भाग लेने लगे।

लोगों ने रणविजय पर भरोसा किया और रणविजय ने अथाह मेहनत, और अंत में रणविजय की मेहनत रंग लायी। उस साल होने वाली नवोदय विद्यालय की प्रवेश परीक्षा में गाँव के सरकारी स्कूल के 8 बच्चों का चयन हुआ। पूरे ज़िले में रणविजय की तारीफ़ होने लगी। अब गाँव का एक भी ऐसा घर नहीं था जो अपने बच्चों को अच्छी शिक्षा दिलाने के लिए मोटी रकम ख़र्च करता था, सब अपने बच्चों को सरकार द्वारा स्थापित निःशुल्क शिक्षा, निःशुल्क किताबें, निःशुल्क खाना और निःशुल्क ड्रेस वाले सरकारी स्कूल में पढ़ने भेजने लगे।

१
ऑनलाइन प्यार

''हेलो''

विनीत आज सुबह से ही संध्या नाम की लड़की की प्रोफ़ाइल फ़ेसबुक पर चेक कर रहा था और डरते-डरते उसे पहला मैसेज भेजा था।

विनीत गाँव का सीधा-साधा, शांत स्वभाव का लड़का था और वो एक सिंगर बनना चाहता था, जिसके लिए वह मुम्बई में रहकर अपनी सिंगिंग की क्लास किया करता था। लगभग सभी लड़कों की तरह वह भी लड़कियों से दोस्ती करना तो चाहता था पर आधा शर्म और कहीं लड़कियाँ उसे इग्नोर न कर दें इस डर से उसने किसी लड़की की तरफ़ पहले दोस्ती का हाथ नहीं बढ़ाया था। तीन दिन पहले उसे फ़ेसबुक पर एक लड़की दिखी, उसकी प्रोफ़ाइल पिक्चर देख पहली ही नज़र में वह लड़की उसके दिल में उतर गयी। 'दिल में उतर गयी' का यह बिल्कुल मतलब नहीं कि उसे प्यार हो गया, वो तो बस इतना चाहता था कि एटलिस्ट कोई लड़की उससे दोस्ती कर ले बस।

जब पहली बार उसकी प्रोफ़ाइल पिक्चर विनीत के सामने आयी थी तो वो एक दफ़ा बिल्कुल ठहर-सा गया था। उसने झट से उसकी प्रोफ़ाइल ओपेन की और जाकर उसके बारे में चेक करने लगा- संध्या नाम की वह लड़की उसके ही ज़िले गोरखपुर की थी और उसकी बिरादरी की होने के साथ-साथ उसके ही बर्थ-ईयर की भी थी। सबकुछ चेक करने के बाद उसने फ़्रेंड रिक्वेस्ट भेज दी और उसका जवाब आने का इंतज़ार करने लगा। पूरा दिन बीत गया लेकिन कोई जवाब न आया, रात को इंतज़ार करते-करते वो सो गया। अगली सुबह जब उठा तो बिस्तर पर लेटे-लेटे ही आँख मीजते हुए अपने मोबाइल का नेट ऑन किया जैसा कि आज का लगभग हर युवा करता है, नेट ऑन करते ही वह मुस्कुरा पड़ा, उसके मोबाइल स्क्रीन पर मैसेज पड़ा था- 'संध्या मिश्रा एक्सेप्टेड योर फ़्रेंड रिक्वेस्ट', विनीत तो ख़ुशी से उछल पड़ा। दो दिन तक वो यूँ ही उसके पेज की पोस्ट चेक करता रहा और इस बात से ख़ुश था कि चलो कम से कम हम

फ़ेसबुक-फ्रेंड तो हो गये हैं।

आज डरते-डरते उसने पहला मैसेज भेज दिया था और उसके जवाब का इंतज़ार करने लगा। क़रीब एक घंटे के बाद जवाब आया-

"हेलो, हू इज़ दिस?"

विनीत तो उसके जवाब का इंतज़ार कर ही रह था, मैसेज देखते ही वो ख़ुश हो गया और बड़े ही फ़िल्मी अंदाज़ में जवाब दिया-

"नाम तो आप देख ही रही हैं, बाक़ी रही पते की बात तो मैं आप ही के ज़िले के एक छोटे से गाँव से हूँ, फ़िलहाल मुम्बई में रहकर सिंगिंग सीख रहा हूँ।"

विनीत सोचा कि मैंने तो एकदम लल्लनटॉप तरीक़े से ख़ुद को पेश कर दिया है, अब लड़की दोस्ती करने से मना न कर पायेगी।

"क्या आप मुझे जानते हैं?"

अब इतना बढ़िया इंट्रो देने के बाद विनीत को ऐसे सवाल का बिल्कुल भी अंदाज़ा नहीं था, उसके दिल का एक कोना हल्का-सा बैठता हुआ नज़र आया, लेकिन फिर भी उसने दिल को सँभालते हुए जवाब दिया-

"नहीं, जानता तो नहीं, अभी जानने की कोशिश कर रहा हूँ।"

लड़की ने एक हँसने वाला इमोजी भेज दिया। इमोजी! 'इमोजी' एक ऐसा अस्त्र है, जिसने न जाने कितने लोगों को संशय में डाल रखा है। जब आप कुछ कहना चाहें और उस कही हुई बात की आड़ में बचना भी चाहें तो वहाँ ब्रह्मास्त्र रूपी इमोजी का इस्तेमाल तो कर ही सकते हैं; जिसका प्रयोग ज़्यादातर लड़के लड़कियों से फ़्लर्ट करने में कर लिया करते हैं।

अब इस हँसने वाले इमोजी ने विनीत को हल्का ख़ुश भी किया और थोड़ा संशय में भी डाल दिया। लेकिन हाँ इतना ज़रूर था कि उसके दिल का बैठता हुआ कोना अब बिल्कुल उठकर खड़ा हो गया था। कुछ मिनट तक किसी ने कोई मैसेज नहीं किया, विनीत ने फिर हिम्मत करके एक मैसेज किया-

"क्या करती हैं आप?"

यह मैसेज करने में शायद देरी हो गयी। मैसेज भेजने पर मैसेंजर पर एक टिक और उस टिक वाले गोले के पूरा ग्रे हो जाने ने यह कन्फ़र्म कर दिया था कि मैसेज लड़की के पास पहुँच चुका है, लेकिन शायद वो किसी अन्य काम

में व्यस्त होने के कारण यह मैसेज नहीं देख रही थी; ऐसा सिर्फ़ विनीत और मैं सोच रहा था। लेकिन नारिशास्त्र के विषय में विस्तृत जानकारी रखने वाले हमारे एक मित्र बताते हैं कि यही लड़कियों के नखरे हैं, वो मैसेज देख रही होती हैं बस वो आपको यह नहीं दिखाना चाह रहीं कि वो आपके लिए इतना ख़ाली हैं और आपका मैसेज देख रही हैं। ख़ैर बात कुछ भी थी लेकिन मैसेज जाने के क़रीब दो मिनट बाद जवाब आया-

''पोस्ट ग्रेजुएशन का लास्ट ईयर चल रहा है और साथ ही एक प्राइवेट बैंक में जॉब भी करती हूँ।''

संध्या के एक ही बारे में अपनी पर्सनल जानकारी देने पर विनीत ख़ुशी के मारे और भी पर्सनल होने लगा-

''आपका घर गोरखपुर में कहाँ हैं?''

अब ये वाला मैसेज संध्या ने पढ़ा पर अगले दो मिनट तक कोई जवाब नहीं दिया, शायद कहीं व्यस्त हो गयी। लेकिन मेरे नारिशास्त्र के ज्ञाता वाले मित्र की बात मानें तो यह उसके नखरे का अगला लेवल हो सकता था। बात जो भी थी इसी दो मिनट में विनीत के दिल की रफ़्तार थोड़ी बढ़ गयी, उसे लगा शायद उसने ग़लत सवाल पूछ दिया, वो ख़ुद को कोसने लगा, उसने अपनी दोस्ती का दि एंड भी समझ लिया, वह ख़ुद को दुनिया का सबसे पागल लड़का मानने ही वाला था कि देखा सामने से कुछ टाइप हो रहा है, थोड़ी-सी जान में जान आयी।

''मेरा घर गोरखपुर शहर में ही है।'' संध्या ने जवाब दिया।

''मेरा तो गाँव में है।'' विनीत ने बिना पूछे ही जवाब दे दिया।

''अच्छा।'' यह कह संध्या ऑफ़लाइन हो गयी।

दोस्ती की एक छोटी लेकिन अच्छी शुरूआत हो चुकी थी, दोनों की रोज़ एक-दूसरे से बात होने लगी। क़रीब दस दिन में ही दोनों एक-दूसरे के अच्छे दोस्त बन चुके थे। संध्या गोरखपुर शहर में रहने वाली अपने माता-पिता की इकलौती बेटी थी। घर में किसी चीज़ की कमी नहीं थी, पर उसे कभी अच्छा दोस्त नहीं मिल पाया था; संध्या को पहले दो बार प्यार हो चुका था लेकिन कोई भी ज़्यादा दिनों तक न चला। सबकुछ होने के बाद भी उसे ज़िन्दगी अकेली-अकेली सी लगती थी, विनीत की चटपटी बातों में उसे मज़ा आने लगा था। दोनों रात को देर तक चैटिंग करने लगे, पर अब चैटिंग मैसेंजर पर नहीं व्हाट्सएप

पर होती थी, मतलब दोस्ती और भी गहरी हो गयी थी और नम्बर का आदान-प्रदान हो चुका था।

विनीत सिंगर बनना चाहता था और संध्या को फ़िल्मी गाने बहुत पसंद थे, रात को अक्सर दोनों इयरफ़ोन लगाकर सावन पर एक ही गाना साथ-साथ सुना करते थे और उस गाने की एक-एक लाइन एक दूसरे को लिखकर भेजा करते थे। ऐसे ही दोस्ती में क़रीब तीन महीने बीत चुके थे, चैटिंग होने के साथ-साथ अब कभी-कभार दोनों की इक्का-दुक्का फ़ोन पर भी बात हो जाया करती थी। दोनों एक ही ज़िले में होने के बावजूद कभी एक-दूसरे से मिले नहीं थे उसका कारण विनीत था, विनीत गाँव के एक ऐसे घर से था जहाँ उसे बाहर जाने से पहले घर के सभी लोगों को बताना पड़ता कि वो कहाँ जा रहा है और इसकी वजह यह नहीं थी कि उसके परिवार वाले बड़े सख़्त थे बल्कि लोग उससे इतना प्यार करते थे कि कहीं जाने से पहले लगभग घर का हर सदस्य उससे पूछ ही लेता, "कहाँ जा रहे हो?" और विनीत को इतने सवालों का जवाब देना कभी अच्छा नहीं लगता था; पर गाँव के संस्कार ऐसे थे कि वो किसी को कुछ कह नहीं पाता था। संध्या और विनीत ने एक-दूसरे को सिर्फ़ प्रोफ़ाइल पिक्चर में देखा था जहाँ दोनों को एक-दूसरे की शक्ल-सूरत अच्छी लगती थी।

ठंडी का मौसम था, विनीत गाँव में था। वह अपने बरामदे में रजाई ओढ़कर तकिये से टेक लागये संध्या से चैटिंग कर रहा था; गाने भेजने का सिलसिला जारी था।

संध्या ने 'सनम पुरी' साहब के गाने का लिंक भेजा, गाना शुरू हुआ; दोनों का व्हाट्सएप्प चैट ऑन था।

"कोरा काग़ज़ था ये मन मेरा, लिख दिया नाम इसपे तेरा..." विनीत ने लिखा।

"सूना आँगन था जीवन मेरा, बस गया प्यार इस पे तेरा..." संध्या ने लिखा।

"टूट न जाये सपने मैं डरता हूँ, हर दिन सपने मैं देखा करता हूँ।" अब बारी विनीत की थी।

एक बार फिर सेम यही लाइन संध्या ने भी लिखी।

"तेरे कजरारे, मतवारे ये इशारे......" फिर आगे विनीत ने लिखा।

गानों का सिलसिला शुरू हो चुका था। 'तुझमें रब दिखता है', 'नैनों की तो बात नैना जाने हैं', 'मुस्कुराने की वजह तुम हो' जैसे कुछ रोमांटिक गानों के बाद विनीत ने मन में कुछ इरादा लिये 'अल्ताफ़ सैयद' का एक गाना भेजा। गाना शुरू हुआ-

''अचानक दिल को क्यूँ इतना सुकूँ मिल जाता है...'' विनीत ने लिखा।

''तेरा चेहरा जब आँखों के सामने आता है...'' संध्या ने भी गाने की अगली लाइन लिख यह कन्फ़र्म किया कि उसने भी यह गाना सुन रखा है।

''दिल ये तेरा होने को तैयार होता जा रहा है...'' विनीत ने गाने को आगे बढ़ाया।

''थोड़ा-थोड़ा रोज़ तुमसे प्यार होता जा रहा है...'' संध्या ने भी लिखा और आगे की लाइन का इंतज़ार करने लगी।

लेकिन विनीत ने आगे की लाइन लिखने की जगह संध्या द्वारा लिखे गाने की अंतिम लाइन पर रिप्लाई किया-

''मुझे भी।''

''क्या?'' संध्या कुछ समझ नहीं पायी या कहो वो सबकुछ समझकर भी समझना नहीं चाहती थी।

''कुछ नहीं!'' विनीत ने कहा।

''नहीं, बोलो, क्या कहा?'' संध्या ने ज़िद की।

''कुछ नहीं यार, बस यूँ ही लिख दिया।''

''शरमाओ नहीं, बोलो यार।'' संध्या ने फिर ज़िद की।

''वही गाने की आख़िरी लाइन।''

''क्या आख़िरी लाइन?''

''थोड़ा-थोड़ा रोज़ तुमसे प्यार होता जा रहा है।'' विनीत ने थोड़ा डरते हुए अपने मन की बात कह दी।

संध्या ने मैसेज पढ़ा और बिना जवाब दिये ऑफ़लाइन हो गयी, विनीत डर गया। क्योंकि पिछले तीन महीने में ऐसा कभी नहीं हुआ था जब संध्या ने बिना किसी बात का पूरा जवाब दिये यूँ ही नेट बंद किया हो, लेकिन आज

बात थोड़ा सीरियस थी। ख़ैर विनीत अपने किये पर पछताने लगा, वह संध्या के मोबाइल पर ढेर सारे माफ़ी के मैसेज करने लगा। उसने यह तक कह दिया कि वो तो मज़ाक़ कर रहा था। उसने पाँच बार संध्या को फ़ोन भी लगाया लेकिन उसने फ़ोन नहीं उठाया। विनीत घबराया-सा रात को एक बजे तक जागता रहा, वह लगातार ख़ुद को कोसता जा रहा था कि अच्छी-ख़ासी दोस्ती थी लेकिन उसने प्यार के चक्कर में वह भी बर्बाद कर दी। यही सब सोचते पता नहीं कब उसे नींद आ गयी।

सुबह जब आँख खुली उसने मोबाइल उठाया तो देखा तो संध्या के मैसेज का नोटिफ़िकेशन पड़ा था, उसने फ़टाफ़ट व्हाट्सएप खोला तो संध्या उस वक़्त ऑनलाइन भी थी और उसका मैसेज आया था-

''मुझे भी''

''क्या?'' विनीत ने अपने मन में फूटते हुए लड्डुओं को सँभालते हुए पूछा।

''वही, गाने की आख़िरी लाइन।'' संध्या ने मैसेज किया।

''क्या आख़िरी लाइन?'' विनीत के मन के लड्डू फूटने को उतावले हुए जा रहे थे।

''थोड़ा-थोड़ा रोज़ तुमसे प्यार होता जा रहा है।''

इस बार विनीत अपने मन के लड्डुओं को फूटने से न रोक सका, वह ख़ुशी के मारे उछल के बिस्तर पर खड़ा हो गया। अब आगे की लाइन तो सबको पता है। 'आई लव यू' और 'आई लव यू टू' के साथ एक प्यारी-सी दोस्ती ख़ूबसूरत प्यार में बदल गयी।

दोनों को एक-दूसरे से प्यार हुए दो महीने बीत चुके थे। अब विनीत... विनीत से 'बाबू' हो गया था और संध्या... संध्या से 'शोना' हो गयी थी। इन दो महीनों में ही फ़ोन पर प्यार इतना गहरा हो गया था मानो दोनों कई वर्षों से साथ हों। संध्या ने अपने सपनों में जैसे स्वभाव का राजकुमार देखा था विनीत बिल्कुल वैसा ही था और विनीत को संध्या की केयरिंग बहुत अच्छी लगती थी। विनीत और संध्या के विचार एक-दूसरे से बिल्कुल मेल खाते थे, इसलिए दोनों का प्यार दिन-ब-दिन और भी गहरा होता जा रहा था। तीन महीने की दोस्ती और दो महीने के प्यार के बाद भी दोनों एक-दूसरे से कभी नहीं मिले थे।

विनीत को दो दिन बाद मुम्बई के लिए निकलना था, जब यह बात संध्या को पता चली तो वह उदास हो गयी।

''इसमें उदास होने की क्या बात है? यहाँ भी फ़ोन पर बात होती हैं और वहाँ भी फ़ोन पर ही बात होंगी। कौन-सा मैं आपसे रोज़ मिलने आ जाता हूँ?'' विनीत और संध्या की फ़ोन पर बात हो रही थी।

''लेकिन यहाँ रहते हो तो लगता है आस-पास ही हो।'' संध्या ने उदास लफ़्ज़ों में कहा।

''यह भी सही है, लेकिन आप चिंता न करो, मैं बहुत जल्द वापस आ जाऊँगा।'' विनीत ने संध्या को ढाँढस बँधाया।

''एक बात बोलूँ बाबू?'' संध्या ने धीरे से कहा।

''हाँ शोना बोलो।'' विनीत ने कहा।

''जाने से पहले एक बार मिलकर जाओ न, हम पिछले पाँच महीनों से एक-दूसरे को जानते हैं लेकिन कभी मिले नहीं।'' संध्या ने बहुत धीरे और प्यार से कहा।

विनीत कुछ देर के लिए शांत हो गया फिर बोला-

''इस बार नहीं, अगली बार आऊँगा तो पक्का मिलेंगे।''

''प्लीज़ मिलकर जाओ न, आई रिक्वेस्ट यू।''

संध्या ने रिक्वेस्ट की तो विनीत मना नहीं कर पाया और गोरखपुर शहर के 'मोहन कॉफ़ी हाउस' में मिलना तय हुआ।

विनीत कॉफ़ी हॉउस में बैठा संध्या के आने का इंतज़ार कर रहा था, थोड़ी देर में संध्या का कॉल आया-

''मैं बाहर आ गयी हूँ, कहाँ हो?''

''अंदर ही आ जाओ, मैं एकदम कॉर्नर में बैठा हूँ।'' विनीत ने कहा।

संध्या ने कॉफ़ी हाउस का गेट खोला और अंदर घुसते ही इधर-उधर देखने लगी। कोने की तरफ़ नज़र घुमाया तो विनीत वहीं से हाथ हिला के इशारा कर रहा था कि... ''इधर ही आ जाओ।''

गेट से संध्या विनीत की तरफ़ बढ़ने लगी और विनीत एकटक संध्या को

देखे जा रहा था, संध्या दिखने में तो बहुत ख़ूबसूरत थी लेकिन उसकी हाइट बहुत कम थी, यह बात विनीत को थोड़ा अजीब लगी। उसने अपने ख़यालों में संध्या की अलग ही तस्वीर बना ली थी, संध्या भी चलकर आयी और विनीत के सामने वाली कुर्सी पर बैठ गयी। विनीत थोड़ा साँवला था और नाक-नक्शे में भी थोड़ा अजीब था, मतलब वह भी वैसा नहीं था जैसा वह अपनी फ़ेसबुक प्रोफ़ाइल में लगता था। सौ बात की एक बात दोनों ने जिस तरह से एक-दूसरे को फ़ोटो में देखा था और अपने-अपने मन में एक दूसरे के विषय में जैसी तस्वीर बना चुके थे, वो दोनों यानी ख़यालों की तस्वीर और असलियत में बिल्कुल एक-दूसरे से इतर थे। लेकिन अपने-अपने मन की बातों को कोने में दबाये दोनों एक-दूसरे से बातें करने लगे।

''क्या ऑर्डर करूँ?'' विनीत ने पूछा।

''जो भी तुम्हें अच्छा लगे।'' संध्या ने कहा।

''नहीं, हमारी पहली मुलाक़ात है और आज पहले आप ऑर्डर करेंगी।'' विनीत ने पहली वरीयता संध्या को दी।

संध्या ने मेनू उठाया और काफ़ी देर तक ऊपर से नीचे तक देखने के बाद दो चीज़-सैंडविच और दो कॉफ़ी ऑर्डर की।

''एक ही कॉफ़ी मँगा लेतीं।'' विनीत ने थोड़ा स्माइल देकर कहा।

''क्यूँ? आप नहीं पियेंगे क्या?'' संध्या विनीत के मन की बात समझ गयी थी लेकिन फिर भी उसने यह सवाल पूछ दिया।

''नहीं ऐसा नहीं है, मैं सोचा एक ही में पी लेते...'' यह कह विनीत ने हल्की शर्माने वाली मुस्कान चेहरे पर ला दूसरी तरफ़ मुँह कर लिया।

''अच्छा बच्चू ये बात है, क्या है ना ये आपका मुम्बई नहीं है, गोरखपुर है, जब मुम्बई आयेंगे तब ये सब करना।'' यह कह संध्या भी मुस्कुराने लगी।

सैंडविच और कॉफ़ी आयी। दोनों ने खाते-खाते ढेर सारी बातें कीं। अंत में विनीत ने बिल पे किया और दोनों एक दूसरे को बारी-बारी से तीन और चार मैजिकल वर्ड 'आई लव यू' और 'आई लव यू टू' कहकर वहाँ से निकल गये।

अगले दिन विनीत की ट्रेन थी और वह मुम्बई के लिए निकल गया। दोनों की एक-दूसरे से फ़ोन पर बातें तो होती थीं लेकिन बात अब पहले जैसी नहीं

रहीं थी। फ़ेसबुक की प्रोफ़ाइल पिक्चर देख दोनों के मन में एक-दूसरे के प्रति जो किसी फ़िल्म के हीरो और हीरोइन जैसी इमेज बनी थी वो अब बिल्कुल टूट चुकी थी। लेकिन अब तक दोनों को एक-दूसरे की प्यार और केयरिंग की इतनी आदत हो गयी थी कि दोनों ने एक-दूसरे को अपने मन की बात ज़ाहिर नहीं होने दी। दोनों अपने मन को मनाने और अपने प्यार को सँभालने में लगे थे, लेकिन अब वो पहले वाला लगाव कहीं खोता हुआ नज़र आ रहा था। कभी-कभार एक-दूसरे से इक्का-दुक्का झगड़ा भी होने लगा था, अब विनीत भी अपने कामों में ज़्यादा व्यस्त रहने लगा। एक दौर ऐसा भी आया जब दोनों को अपना प्यार बोझ लगने लगा था, लेकिन कोई भी पहले रिश्ता तोड़कर अपने सिर पर इल्ज़ाम नहीं लेना चाहता था।

एक रोज़ रात को नौ बजे के क़रीब संध्या ने विनीत को कॉल किया लेकिन विनीत का कॉल वेटिंग जा रहा था, संध्या कुछ देर रुकी और पाँच मिनट बाद उसने फिर कॉल किया, एक बार फिर कॉल वेटिंग जा रहा था, संध्या का पारा चढ़ गया उसने गुस्से में विनीत को एक के बाद एक सात कॉल किया, लेकिन विनीत किसी दूसरे से बात करने में लगा हुआ था। विनीत भी संध्या का कॉल देख रहा था लेकिन कुछ ज़रूरी काम होने की वजह से उसने सामने वाले व्यक्ति का कॉल कट करना ज़रूरी नहीं समझा। जब विनीत फ्री हुआ तो उसने संध्या को कॉल किया-

‘‘कहाँ व्यस्त थे इतनी रात को?’’ संध्या ने गुस्से में पूछा।

‘‘एक ज़रूरी कॉल आ गया था।’’ विनीत ने बड़े शांत स्वर में कहा।

‘‘कौन था ज़रूरी कॉल पर आपके?’’ संध्या ने फिर उसी अंदाज़ में कहा।

‘‘था कोई यार, कह दिया न इम्पोर्टेंट था इसलिए आपका कॉल नहीं उठाया।’’ विनीत ने थोड़ा खीझते हुए कहा।

‘‘मुझसे भी ज़्यादा इम्पोर्टेंट था?’’ इस बार संध्या ने थोड़ा भरे हुए गले के साथ कहा।

‘‘नहीं बाबू, आपसे ज़्यादा इम्पोर्टेंट नहीं था लेकिन कुछ काम को लेकर बात कर रहा था। एक जगह मेरा सिंगिंग शो होने वाला...’’ विनीत ने प्यार से बोलना शुरू ही किया था कि तब तक संध्या बोल पड़ी-

‘‘आपके लिए आपका काम इम्पोर्टेंट है या मैं? अगर मैं कहीं मर रही होती

और यह सोचकर कॉल किया होता कि मरने से पहले आपसे बात कर लूँ तो?''

''अरे छोटी-सी बात के लिए काहे इतना फालतू बातें बोल रही हैं।'' विनीत की बातों में परेशानी साफ़ झलक रही थी।

''आपके लिए होगी छोटी-सी बात पर मेरे लिए बहुत बड़ी बात है।'' संध्या का गुस्सा इस बार चरम पर था।

''अरे यार, क्या बोलूँ अब...'' विनीत के पास इस बात का कोई जवाब ही न था।

''क्या बोलोगे कुछ बोलने लायक़ रह ही नहीं गये हो। एक बात तो तय है आपको मेरे मरने-जीने का कोई फ़र्क़ नहीं है।''

संध्या के इस बात से विनीत का गुस्सा फूट पड़ा-

''ठीक है नहीं फ़र्क़ पड़ता, बोलो क्या करोगी? मरो चाहे भाड़ में जाओ, मुझसे नहीं मतलब। इतना प्यार, टाइम, केयरिंग सब दिया मैंने आपको और तुम मुझे कह रही हो कि आपके मरने-जीने से मुझे फ़र्क़ नहीं पड़ेगा। क्या चाहती हैं आप? सब काम-धाम छोड़कर आपके पीछे-पीछे घूमता रहूँ।''

''तो क्यूँ आये थे मेरे पीछे?'' संध्या ने धीरे से कहा।

''मैं आया था?'' विनीत चिल्लाया।

''पहले फ्रेंड रिक्वेस्ट आपका ही आया था जनाब।'' संध्या ने एक व्यंग्य हँसी के साथ कहा।

''ठीक है ग़लती हो गयी, फँस गया यार तुमको फ्रेंड रिक्वेस्ट भेजकर। मुझे पता नहीं था न तुम ऐसी निकलोगी।'' विनीत ने परेशान होकर कहा।

''फँस तुम नहीं गये मिस्टर विनीत पाण्डेय, फँस तो मैं गयी तुमसे प्यार करके। मुझे नहीं पता था कि तुम डबल-फ़ेस निकलोगे।''

''मैं डबल-फ़ेस निकला?'' विनीत एक बार फिर चिल्लाया।

''हाँ, तुम हो डबल-फ़ेस और एक बात कान खोलकर सुन लेना आज के बाद मुझे कॉल मैसेज करने की कोशिश मत करना, भाड़ में जाओ तुम। गुड-बाय।'' एक ही साँस में संध्या ने पूरी बात कहीं और कॉल कट करने के बाद ज़ोर से रोते हुए विनीत को ब्लॉक कर दिया।

विनीत भी रोता हुआ मोबाइल के व्हाट्सएप ओपन कर संध्या को ढेर सारे मैसेज करने लगा लेकिन संध्या ने उसे वहाँ से भी ब्लॉक कर दिया था। कुछ देर मैसेज करने के बाद वह मोबाइल बग़ल में रख ज़ोर से रोने लगा, अपने बालों को नोचने लगा। इर्रिटेशन के कारण रूम में इधर-उधर घूमने लगा, तब तक उसके मोबाइल पर नोटिफ़िकेशन बेल बजी, उसे लगा संध्या का मैसेज आया है, वह दौड़कर मोबाइल हाथ में लेकर लॉक ओपन किया तो ऊपर फ़ेसबुक का नोटिफ़िकेशन पड़ा था...

''रागिनी गुप्ता सेंट यू फ्रेंड रिक्वेस्ट'' विनीत एकटक वह मैसेज देखता रहा।

10
उड़ान

गाँव के सबसे रईस और इज़्ज़तदार व्यक्ति रमाशंकर मिश्रा के सबसे छोटे बेटे की शादी थी। डी.जे. पर तेज़ ध्वनि में गाना बज रहा था, घर पर ही नहीं पूरे गाँव में चहल-पहल थी; धीरे-धीरे सभी रिश्तेदार भी आना शुरू हो गये थे। आज तो सभी के चेहरे पर अलग ही रौनक़ थी, कोई अपना कपड़ा स्त्री कराने बाज़ार की तरफ़ भागा जा रहा था तो कोई बाज़ार से अभी-अभी नये जूते लेकर आ रहा था; औरतें अपनी साज-सज्जा में अलग ही मस्त थीं।

मिश्रा जी इंटर कॉलेज के रिटायर्ड प्रिंसिपल थे, तो उनके दोस्त रिश्तेदारों में काफ़ी सज्जन और ऊँचे लोग थे। सफ़ेद रंग की धोती और हल्के हरे रंग के खादी का कुर्ता पहने मिश्रा जी रिश्तेदारों के स्वागत में लगे हुए थे।

''अरे बाबू जी, अभी आप यहीं खड़े हैं, चार बज गये हैं कम से कम आप तो नहा-धोकर तैयार हो गये होते।'' दोपहिए से द्वार पर पहुँचते ही उनके सबसे बड़े बेटे अशोक ने कहा।

''हाँ-हाँ बेटे! बस तैयार हो जा रहा हूँ, लोग आने लगे तो मिलने लगा। पता नहीं सब बच्चे कहाँ चले गये, कोई है भी तो नहीं सबको पानी पिलाने वाला।'' मिश्रा जी ने कुर्ता निकालते हुए कहा।

''नहाइये जल्दी से आप।'' यह कह अशोक ने डिग्गी में से कुछ सामान निकाला और अंदर घर में चले गये। अशोक घर में पहुँचते ही सारी औरतों को भी लगभग धमकाते हुए बोले-

''चार बज गये हैं, लेकिन अभी तक तुम लोगों का कुछ समझ नहीं आ रहा है। चंदन अभी तैयार हुआ कि नहीं? सभी लोग अपना काम और सारी रस्में जल्दी-जल्दी पूरा करो, हमने दूबे जी से कहा है कि हमारी बारात 6 बजे तक उनके घर पहुँच जायेगी, लेकिन तुम सबकी रफ़्तार देख के लग नहीं रहा है कि मेरी कही बात रह जायेगी।''

''अरे बेटा तू चिंता न करा, सब समय से हो जाई। चंदन के लेकर सब

औरतें कुआँ पर गयी हैं, उ नहा धोकर शेरवानी पहनकर तैयार बा, जा बहरे तू आपन आगे के काम देखा, इहवाँ हम सब हई।'' अशोक की बुआ जी ने उन्हें समझाते हुए कहा।

बुआ जी की बात सुनकर अशोक बिना कुछ बोले बाहर निकल पड़े, बाहर निकले तो देखा मिश्रा जी नहाने के लिए हैण्डपम्प चलाकर बाल्टी भर रहें थे।

''अरे सब बच्चे कहाँ चले गये? कोई आपको नहलाने वाला नहीं है?'' यह कहते-कहते अशोक हैण्डपम्प की तरफ़ तेज़ी से बढ़े और ख़ुद ही हैण्डपम्प चलाने लगे। तब तक उनके बग़ल का एक छोटा-सा बच्चा दौड़कर आया-

''चाचा हटो, हम हैण्डपम्प चलाकर बाबूजी को नहला देते हैं, आप जाकर देखिए वो गाड़ी वाले आपको बुला रहे हैं।''

अशोक तुरन्त वहाँ से गाड़ी वाले की तरफ़ चल दिये। अशोक जैसे ही द्वार से निकले तब तक 4-5 मोटरसाइकिल द्वार पर आकर रुक गयीं, सबने मोटरसाइकिल की झुंड में अपनी भी गाड़ियाँ खड़ी कीं और सब तेज़ रफ़्तार से मिश्रा जी की तरफ़ बढ़ गये-

''प्रणाम बाबूजी, नमस्ते बाबूजी।'' ये कहते हुए सभी मिश्रा जी के पैर छूने लगे। मिश्रा जी पूरे बदन में साबुन लगाये हुए थे, चेहरे पर भी साबुन लगने की वजह से वो देख भी नहीं रहे थे कि कौन है! उन्होंने हल्का-सा एक आँख खोलते हुए बोला-

''कहाँ से आये हो?''

''बाबूजी हम सब चंदन के दोस्त हैं, इलाहाबाद में उसके साथ ही रहते थे।'' एक लड़के ने कहा।

''अच्छा, अच्छा बेटा, ख़ुश रहो, ख़ुश रहो बैठो आप सब, बस हम अभी नहा के आते हैं।'' मिश्रा जी ने द्वार पर लगी कुर्सियों की तरफ़ इशारा करते हुए कहा।

''बेटा तुम यही बाल्टी भर दो हम नहा लेंगे, तुम जाओ इन लोगों को पानी पिलाने का इंतिज़ाम करो।'' हैण्डपम्प चला रहे लड़के से मिश्रा जी ने कहा।

''जी बाबूजी।''

सभी दोस्तों ने पानी पिया और हँसी-मज़ाक़ करने लगे। इधर मिश्रा जी

नहाने के बाद तैयार हुए और फिर अपनी भागमभाग में व्यस्त हो गये। थोड़ी देर बाद चंदन आ गया, चंदन को देखते ही सभी दोस्त जैसे उसकी तरफ़ टूट पड़े।

"क्या बात है भाई, शेरवानी में तो लुक और भी ग़ज़ब लग रहा है!" रवि ने कहा।

"भाई आज शादी है, नूर तो देखो चंदन के चेहरे का।" दूसरे दोस्त विपिन ने कहा।

"भाई, भाभी की कोई बहन-वहन है क्या? नहीं तो क्या है ना शादी में जाने का मज़ा नहीं आयेगा।" रवि ने चंदन के कान के पास जाकर भी सिर्फ़ इतना ही धीरे से कहा कि जितना सारे दोस्त आसानी से सुन सकें। सभी दोस्त ठहाके मार के हँस पड़े।

"साले तू सुधरेगा नहीं।" चंदन ने शरमाते हुए कहा।

"अरे चंदन आज समय नहीं है, आज तो छोड़ो दोस्तों को कल से ख़ूब बतियाना।" चंदन की भाभी कहते हुए आयीं और चंदन का हाथ पकड़कर उसे ले जाने लगी।

"नहीं भाभी जी, कल से तो और भी व्यस्त हो जायेंगे, फिर हम लोगों को कौन पूछेगा?" दूसरे शरारती दोस्त सचिन ने कहा।

"हाँ, अब दोस्त तुम्हारे किसी और के हो गये।" भाभी ने मुस्कुराते हुए कहा और चंदन को लेकर चली गयी।

सारे दोस्त फिर मज़ाक़ मस्ती में लग गये।

सारी रस्में पूरी हो चुकी थीं, गाँव के लोग और रिश्तेदार सब गाड़ियों में बैठने लगे थे, बारात निकलने वाली थी। अशोक बार-बार घड़ी देखते हुए सबको गाड़ियों पर बैठाने में लगे थे।

औरतें डी.जे. पर डांस कर रही थीं, अशोक तेज़ी से डी.जे. की तरफ़ बढ़े-

"बंद करो अब, हो गया, बारात निकलने में लेट हो जायेगा।"

अशोक डी.जे. वाले को ये सब समझा ही रहे थे कि तब तक उनकी साली ने उन्हें भी सड़क रूपी डांस फ्लोर पर खींच लिया। अशोक मना करते रहे लेकिन सारी औरतें उनका हाथ पकड़कर उन्हें नचाने लगी, अशोक भी मुस्कुरा पड़े। शायद उनके पास और कोई ऑप्शन ही नहीं था, उन्होंने भी एक हाथ में पैसों

वाला बैग लिये हुए हाथ हवा में लहराकर दो-चार नाना पाटेकर वाला स्टेप किये और वहाँ से निकल गये।

एक-एक कर सारी गाड़ियाँ निकलने लगीं। चंदन के सारे दोस्त एक युवा ड्राइवर देख उसी के गाड़ी में बैठ गये थे, उस गाड़ी में उनके अलावा कोई और नहीं था। बारात निकलते ही सारे दोस्त अपनी पुरानी बातों में खो गये, कोई किसी को गाली बकता तो कोई किसी की खिंचाई करता। आगे बैठे एक लड़के ने तेज़ साउण्ड में बादशाह के गाने लगा दिये, पीछे बैठा एक लड़का चिल्लाया-

''बंद कर यार रोज़ तो सुनते हैं गाने, आज सारे दोस्त मिले हैं तो थोड़ी मज़ाक़-मस्ती की जाये।''

सबने उसकी बात का समर्थन किया और गाना बंद कर दिया गया।

''अरे कुछ खाने-पीने का इंतज़ाम है कि नहीं?'' विपिन ने धीरे से कहा।

''भाई खाने का तो पता नहीं लेकिन पीने का इंतज़ाम नहीं है तो मुझे यहीं उतार दो, यहीं से घर चले जाऊँगा। क्या है ना, शादी में आये और पीया नहीं तो मज़ा नहीं आता।'' पीछे की कोने वाली सीट पर बैठे रवि ने कहा।

''अरे यार, आज ना पीयो तो अच्छा है। क्या है ना चंदन के बाबूजी बड़े इज़्ज़तदार आदमी हैं, पीने के बाद कुछ ऊपर-नीचे हो गया तो मुश्किल हो जायेगी।'' ड्राइवर के बग़ल में बैठे हुए विपिन ने कहा।

''अबे फटू अभी तू बड़ा नहीं हुआ क्या? जब हम स्कूल में थे तब भी कुछ करने से पहले फटती थी, अब भी फटती है।'' एक लड़के ने यह कहा और सब लोग ज़ोर से हँसने लगे।

''फट नहीं रही है, जो सही है वो बोल रहा हूँ। बाक़ी तुम सबकी जो मर्ज़ी हो वो करो।''

''ड्राइवर! भाई साहब, आप पीते-वीते हैं कि नहीं?'' ड्राइवर की सीट के जस्ट पीछे वाली सीट पर बैठे सचिन ने पूछा।

''देशी मत लेना यार, कोई बढ़िया अंग्रेज़ी लेना। क्या है ना देशी में नशा ज़्यादा हो जाता है।'' ड्राइवर तो जैसे उनके पूछने के इंतज़ार में था।

सभी दोस्त जोर से हँस पड़े।

''लगाओ तब किसी ठेके के पास।''

गाड़ी एक अंग्रेज़ी शराब के ठेके पर रुकी। शराब ले ली गयी, सबने अपने-अपने क्षमता के हिसाब से चढ़ा ली। ड्राइवर को सिर्फ़ एक पेग ही दिया गया और साथ ही ये आश्वासन भी दिया गया कि आपको एक अद्धा हम सबको वापस घर छोड़ने के बाद मिल जायेगा।

सब पीकर टुल्ल हुए और बारात में पहुँच गये। डी.जे. पर घनघोर डांस शुरू हुआ, पीछे रथ पर बैठा चंदन समझ गया कि उसके दोस्तों ने कहीं रुककर अपना काम कर लिया है। चंदन ख़ुश होने के साथ-साथ डरा हुआ भी था कि कहीं ये लोग कोई बवाल न कर दें। रोज़ हिंदी गाने सुनने वाले लड़के आज भोजपुरी गानों पर जमकर नाच रहे थे, पसीने से बाल ऐसे भीगे थे कि जैसे सबके सब अभी-अभी नहा के आये हैं। चंदन का रथ द्वार पर पहुँच गया, ख़ुदा का शुक्र था कि उसके दोस्तों ने अब तक कोई बवाल न किया था।

चंदन अपनी रस्मों में व्यस्त हो गया और दूसरी तरफ़ उसके दोस्त शराब के नशे में प्रभु-देवा बने हुए थे। थोड़ी देर में डी.जे. बंद हुआ, सभी लोग कुर्सी पर टाँग फैलाये बैठे सुस्ता रहे थे। थोड़ी देर में जब तन और मन दोनों शांत हुए तो सभी ने मुँह धोया और पानी पीकर सब फ़्रेश हुए। द्वारचार की रस्म पूरी कर चंदन कुर्सी पर बैठा था, सारे दोस्त उसके पास आकर बैठ गये।

“कौन से बाज़ार में काण्ड हुआ?” चंदन ने धीरे-से मुस्कुराते हुए पूछा।

“अरे, रास्ते में एक था कोई नाम नहीं पता।” रवि ने अपने बालों में हाथ फेरते हुए कहा।

“ठीक हो न तुम सब?” चंदन ने फिर पूछा।

“हम्म्म...”

“सँभाल के, कोई बवाल न होने पाये।”

“अरे यार, कब से समझा रहा है, बेवड़े हैं क्या हम?” सचिन ने खीझते हुए कहा।

“साले बेवड़े ही हो तुम सब।” चंदन ने हँसते हुए कहा।

सारे दोस्त एक बार फिर हँस पड़ें।

सारे बाराती खाने पर टूट पड़े थे। और दूसरी तरफ़ जयमाल की तैयारी होने लगी थी।

    इत्ती-सी ख़ुशी

‘‘तुम सब जाकर खाना खा लो, जयमाल पर पास ही रहना कहीं भागना नहीं।’’ चंदन ने एक बार फिर समझाते हुए कहा।

‘‘खाना तो हम सब तेरे साथ ही खायेंगे और रही बात जयमाल की तो उसके लिए तू मत समझा, हम लोग तेरी शादी है, इसलिए नहीं आये हैं हम तो सिर्फ़ दारू पीने और जयमाल पर लड़कियाँ ताड़ने ही आये हैं। एक तो हो गया और दूसरा अब होगा।’’ यह कहते हुए सभी दोस्त एक दूसरे से तालियाँ मारकर हँसने लगे।

जयमाल शुरू हो गया, चंदन जयमाल कुर्सी पर बैठा दुल्हन के आने का इंतज़ार कर रहा था। सारे रिश्तेदार सामने लगी कुर्सियों पर बैठे थे, चंदन के सारे दोस्त आगे की कुर्सियों पर बैठे थे और सभी नीचे से बार-बार इशारा कर चंदन को तंग कर रहे थे। थोड़ी देर में कैमरे वाले की लाइट के तेज़ प्रकाश के साथ दुल्हन आते हुए दिखाई दी, सभी लोग घूमकर उसी तरफ़ देखने लगे।

‘‘बहुत अच्छी है ना?’’ सचिन ने विपिन के कान के पास जाकर कहा।

‘‘हाँ बे, चंदन की तो लाइफ़ बन गयी।’’ विपिन ने कहा।

‘‘अबे साले, मैं चंदन की बीवी की नहीं उसके बग़ल वाली की बात कर रहा हूँ।’’ सचिन विपिन के कान में बुदबुदाया।

‘‘कमीने डायरेक्ट अटैक, पहले उसकी बीवी को तो देख लेता।’’ इस बार विपिन ने सचिन को घूरते हुए मुस्कुराकर कहा।

‘‘हट बे, जो दूसरे की हो गयी है उसमें मुझे कोई इंट्रेस्ट नहीं हैं।’’

दुल्हन स्टेज पर आ गयी, जयमाल की रस्म हुई और सब लोग एक-एक कर वर-वधू को आशीर्वाद देने लगे।

‘‘यार ये लेफ़्ट में जो आगे खड़ी है, मुझे लाइन दे रही है।’’ रवि ने कहा।

‘‘चल बे! वो मुझे देख रही है।’’ राहुल ने कहा।

‘‘बेटा तू ग़लतफ़हमी में है, तूने लगता है अपनी शक्ल शीशे में सही से नहीं देखी है।’’ रवि ने कहा और सभी ज़ोर से हँस पड़े।

चंदन की निगाह उन पर पड़ी वो भी मुस्कुरा पड़ा। तब तक कॉर्नर वाली कुर्सी पर बैठे विपिन ने कहा-

‘‘यार पीछे रेड कलर वाली पे तो दिल आ गया है।’’

सबने नज़रें पीछे दौड़ायीं।

‘‘अबे मेरा ध्यान तो उसकी तरफ़ गया ही नहीं, वो तो चंदन की बीवी से भी अच्छी लग रही है, अब तो वो मेरी है।’’ रवि ने कहा।

सब लड़की पर से नज़र रवि पर घुमा लिये।

‘‘अबे एक ही नज़र में?’’

‘‘देख न कितनी शांत और अच्छी है।’’

‘‘लेकिन वो तो इधर देख भी नहीं रही है।’’

‘‘जो नहीं देखता, उसे अपनी तरफ़ दिखाना पड़ता है।’’ रवि ने अपना कॉलर टाइट करते हुए कहा।

‘‘देख कुछ फालतू काम मत करना, यहाँ पर सब लोग हैं बेमतलब का बवाल हो जायेगा और ये शहर नहीं गाँव है जी भरकर कूटेंगे।’’ विपिन ने कहा।

‘‘अबे कुछ नहीं होगा टेंशन मत लो, मैं हूँ न।’’ यह कहते हुए रवि खड़ा हो गया।

‘‘कहाँ जा रहा है?’’

‘‘अरे, सब आशीर्वाद दे रहे हैं तो हम भी आशीर्वाद देंगे, तुम सब नहीं आ रहे हो क्या?’’

सभी खड़े हो गये। सचिन ने धीरे से कहा-

‘‘रवि कुछ करना नहीं, शांति से चलना और वापस आ जाना।’’

सारे दोस्त स्टेज़ पर चढ़ गये, सब दोनों तरफ़ खड़ी लड़कियों की थाली से फूल लेने लगे। रवि पीछे रेड कलर का गाउन पहने हुए लड़की की तरफ़ बढ़ा, वो उसकी थाली से फूल लेता हुआ लगातार उसको घूर रहा था, लेकिन उस लड़की ने नज़र उठाकर भी उसकी तरफ़ नहीं देखा। चंदन के सभी दोस्तों के खड़े होने की वजह से स्टेज पूरा भरा हुआ था; रवि उस लड़की के पास ही खड़ा हो गया। सबने चंदन और उसकी होने वाली पत्नी पर पुष्पवर्षा की और फ़ोटो खिंचवाने लगे, कैमरे वाले ने इशारा किया की ‘हो गया’ तो सब स्टेज़ से उतरने लगे। रवि अपनी ओर से नीचे उतरने के लिए घूमा उसने देखा वो लड़की अब

भी उसे नहीं देख रही है तो रवि ने उसकी कमर में चिमटी ले ली। रवि के टच करते ही उस लड़की का गुस्सा सातवें आसमान पर जा पहुँचा, वह आगबबूला हो गयी। उसने फूलों वाली थाली फेंक दी और कसके एक थप्पड़ रवि के गालों पर जड़ दिया। पूरे जयमाल पर हंगामा हो गया, सबको समझते देर न लगी कि इन लड़कों ने कुछ शरारत कर दी हैं। एक-एक घराती लड़के स्टेज पर चढ़के रवि को पकड़कर कूटने लगे।

''भैया एक बाराती ने रचना को छेड़ दिया, जयमाल पर हंगामा हो गया है।'' एक छोटे-से लड़के ने जाकर लड़की के भाई नितिन को बताया। लड़की का भाई दौड़ता हुआ आया तो देखा उसकी बहन रचना एक कोने में खड़ी बस रोये जा रही थी। उसने भी रवि को पकड़कर जमकर पीटना शुरू किया। एक-एककर चंदन के सारे दोस्त पीटे जाने लगे।

दुल्हन उठकर घर में चली गयी, कुछ बुज़ुर्ग लोगों ने चंदन को ले जाकर गाड़ी में बैठा दिया; अशोक सभी घरातियों से माफ़ी माँगने लगा। मिश्रा जी की वर्षों की कोरी काग़ज़-सी साफ़ इज़्ज़त पर दाग़ लग चुका था, उन्होंने सुना तो वो अपनी कुर्सी पर ही जड़ हो गये। रचना को उसकी माँ वहाँ से लेकर चली गयी। किसी तरह से सभी दोस्त वहाँ से जान बचाकर भागने में सफल हुए।

रचना दुल्हन के चाचा की लड़की थी, उसने 10वीं की परीक्षा में पूरे ज़िले में टॉप किया था। वह पढ़-लिखकर आई.ए.एस. ऑफ़िसर बनना चाहती थी, जिसके लिए उसकी इलाहाबाद जाकर कोचिंग करने की इच्छा थी। लेकिन घर पर कोई इस बात के लिए राज़ी नहीं था, जब वो घर पर इलाहाबाद जाने की बात करती तो सब यही कहते-

''जो करना है घर पर ही रहकर करो, इलाहाबाद जाने की कोई ज़रूरत नहीं है।''

रचना का बड़ा भाई रचना की पढ़ाई से भली-भाँति वाकिफ़ था, रचना की मेहनत पर उसे पूरा भरोसा था। नितिन ने मम्मी-पापा से रचना की पैरवी की, काफ़ी मेहनत के बाद रचना के घर वालों को उसने रचना को इलाहाबाद भेजने के लिए मना लिया था। रचना इलाहाबाद रहकर अपनी पढ़ाई में लग गयी थी, उसने मेहनत करके यू.पी.एस.सी.-प्री निकाल लिया था और मेंस की तैयारी में लगी थी। रचना बहुत शांत, समझदार और दुनियादारी से दूर सिर्फ़ अपनी पढ़ाई से

वास्ता रखने वाली लड़की थी। आज की घटना से रचना बहुत आहत थी, वह रात भर रोती रही, माँ रात भर उसे समझाती रही।

किसी तरह से हंगामा शांत हुआ, शादी की सारी रस्में पूरी होने लगीं। औरतों के ख़ेमे में अलग ही खुसुर-फुसुर चालू हो गयी थी, लोग तरह-तरह की बातें करने लगे थे।

''अरे ऐसे कैसे कोई लड़की को हाथ लगा दिया, ज़रूर कोई बात रही होगी।'' बग़ल की एक चाची ने धीरे से कहा।

''नहीं वो बेचारी बड़ी सीधी है, उसने कुछ नहीं किया होगा।'' दूसरी औरत ने कहा।

''वैसे हमने तो सुना कि वो लड़के भी इलाहाबाद के ही थे।'' चाची ने फिर धीरे से एक तीखा तीर मारा।

अब इस एक लाइन ने हज़ारों सवाल खड़े कर दिये।

''कुछ कहा नहीं जा सकता! रचना भी तो इलाहाबाद ही रहती है, क्या पता इन लोगों का कोई चक्कर-वक्कर हो?''

अब ये बात पूरी औरतों में आग की तरह फैल गयी, कुछ औरतें रचना के ख़िलाफ़ थीं तो कुछ उसके पक्ष में।

अगली सुबह लड़की की विदाई के साथ शादी की सारी रस्में ख़त्म हुईं, लेकिन तब तक रचना पूरे गाँव में बिग ब्रेकिंग न्यूज़ बन चुकी थी, लोग रचना के चरित्र पर सवाल खड़े करने लगे।

औरतें जगह-जगह गुट बनाकर चर्चे करने लगीं, रोज़ सुबह-शाम-दोपहर औरतों में एक बार रचना की चर्चा ज़रूर होती और अंत में एक लाइन ज़रूर बोली जाती-

''कोई कैसा भी हो उससे हमें क्या मतलब।'' और इस बात का समर्थन सारी औरतें करतीं और अगली ही मुलाक़ात में फिर से रचना का चैप्टर चालू हो जाता।

जब यह बात रचना की माँ को पता चली तो उसके तो होश उड़ गये, वह गुस्से से तमतमायी नितिन के पास पहुँची-

''मैंने तुझे पहले ही कहा था न कि उसे शहर पढ़ने मत भेज लेकिन तू

माना नहीं, अब हो गयी न बदनामी पूरे गाँव में।'' रचना की माँ ने नितिन को डाँटते हुए कहा।

''क्या बदनामी हो गयी माँ? तुम क्या कह रही हो?'' रचना का भाई इन बातों से अंजान था।

माँ ने उसे पूरी बात बतायी। गाँव में फैले चर्चों को सुनकर वो आग-बबूला हो गया।

''किसने कही ये सब बातें? तुम नाम बताओ मैं अभी जाकर पूछता हूँ।''

''किस-किस से पूछेगा? पूरा गाँव कह रहा है। पहले ही समझाया था ज़्यादा पढ़ाने-लिखाने की क्या ज़रूरत है, इज़्ज़त से बिटिया की शादी कर देते अपने घर चली जाती लेकिन नहीं तुम्हें तो उसे कलेक्टर बनाना है।'' माँ गुस्से में बोलते-बोलते वहीं बैठ गयी।

रचना का भाई भी चुप्पी साध गया, शायद उसे लगा कि माँ सही कह रही है, रचना को इलाहाबाद नहीं भेजना चाहिए था।

''क्या हुआ भैया आप इतने उदास क्यूँ हैं?'' रचना भी वहाँ आ चुकी थी।

माँ ने एक नज़र रचना की तरफ़ देखा और फिर मुँह दूसरी ओर फेर लिया।

''मेरी कोचिंग चालू हो गयी है, मैं कल सुबह इलाहाबाद चली जाऊँगी।'' रचना ने आगे कहा।

''कोई ज़रूरत नहीं है इलाहाबाद जाने की।'' माँ ने डाँटते हुए कहा।

रचना एक दफ़ा तो झेंप गयी फिर उसने सँभलकर कहा...

''लेकिन क्यूँ?''

''कह दिया न, नहीं जाना तो नहीं जाना बस।''

''लेकिन न जाने का कोई कारण तो होना चाहिए?'' रचना ने पूछा।

''कारण!... कारण बता दो इन्हें।'' माँ ने नितिन की तरफ़ इशारा करके कहा।

रचना के भाई नितिन ने गाँव में चल रही बातों को उसे बताया, पूरी बात सुनते-सुनते रचना रो पड़ी।

''ग़लती उन कमीने लड़कों ने की और लोग मुझे दोषी ठहरा रहे हैं, भैया

जैसा सब कह रहे हैं ऐसी कोई बात नहीं है।” रचना अपने भाई नितिन से रोते हुए बोली।

“मैं जानता हूँ रचना, मुझे तुम पर पूरा भरोसा है। उन लड़कों ने शरारत की, ग़लती की और उसकी सज़ा तुम्हें भुगतनी पड़ रही है। उस दिन की घटना की वजह से गाँव वाले तुम्हारे विषय में तरह-तरह की बातें कर रहे हैं, हमारी पूरे गाँव में बहुत बदनामी हो गयी है। हम मिडिल क्लास लोगों के पास एक इज़्ज़त ही सबसे बड़ी चीज़ होती है, एक बार इज़्ज़त चली जाती है तो जीना दुश्वार हो जाता है; अब हम तुम्हें वापस इलाहाबाद नहीं भेज सकते।”

“लेकिन भैया मेरा मेंस का एग्ज़ाम है?” रचना ने रोते हुए कहा।

“भूल जाओ रचना सबकुछ।” भाई के भी आँखों से आँसू टपक पड़े।

नितिन वहाँ से उठकर चला गया, रचना रोते हुए अपने कमरे में चली गयी।

एक भाई अपनी बहन के सपनों को पूरा करने के लिए परिवार वालों से लड़ गया, अपनी बहन की उड़ान में उसका पर बन गया लेकिन किसी दूसरे बहन के भाई ने उसके पर काट लिये। उस दिन से उस गाँव के सभी लोगों की मानसिकता लड़कियों को शहर न भेजने की बन गयी; अपने मज़े के लिए उन मनचले लड़कों ने न जाने कितनी आसमान छूने को तत्पर लड़कियों को क़ैद में बंद करवा दिया।

11
बचपन

(1)

टन-टन-टन-टन! स्कूल की घंटी बजते ही सभी बच्चे प्रेयर हॉल की तरफ़ दौड़ पड़े। सभी बच्चों की माँ उन्हें स्कूल छोड़ने आयी थीं, अब तक सभी खड़ी होकर स्कूल बेल बजने का इंतज़ार कर रही थीं। लेकिन जैसे ही स्कूल की घंटी बजी कोई अपने बच्चे को टिफ़िन ख़त्म करने की बात समझने लगी, कोई उन्हें किस करके बाय करने लगी तो कोई ध्यान से पढ़ाई करने की बातें समझाने लगी। अपनी मम्मियों की बात का आधा जवाब देते हुए सभी बच्चे अपना वज़नदार स्कूल-बैग लेकर स्कूल की तरफ़ भागे। 'भागे' शब्द तो मैंने जल्दबाज़ी के लिए प्रयोग कर दिया, लेकिन सच तो यह है कि इतना वज़नदार बैग लेकर भागना तो दूर, सही से चल पाना भी मुश्किल था। सभी बच्चों के मम्मियों का स्कूल छोड़ने आने का एक बड़ा कारण यह भी था कि इतना वज़न बैग लेकर आना उनके बच्चों के बस का नहीं था। ख़ैर, घंटी लगातार बज रही थी, सभी बच्चे भागते-दौड़ते अपना-अपना बैग अपनी क्लास में रखकर प्रेयर हॉल में पहुँच गये।

एक-दो प्रेयर अंग्रेज़ी में हुईं, अब वो अंग्रेज़ी का प्रेयर क्या हुआ हमें नहीं पता। क्या है कि जिस दौर में हम पढ़ा करते थे उस वक़्त प्रेयर नहीं प्रार्थना हुआ करती थी, लेकिन उस दौर में और आज के दौर में जो चीज़ नहीं बदली, वह थी 'राष्ट्रगान'।

तो राष्ट्रगान शुरू हुआ...

"जन-गण-मन अधिनायक जय हे..."

सभी टीचर और स्टूडेंट्स ने सावधान मुद्रा में खड़े होकर राष्ट्रगान गाया।

प्रेयर का जो वक़्त है और जो प्रार्थना का वक़्त था, उसमें और इसमें एक और बात बदल चुकी थी। जब हम प्रार्थना किया करते थे तो प्रार्थना के बाद प्रिंसिपल सर हमें अपनी-अपनी जगह पर नीचे बैठने के लिए कह देते थे और

पिछले दिन की पढ़ी हुई चीज़ें एक-एक कर सभी छात्रों से पूछते थे। हमने जवाब दिया तो बड़े ही प्यार के साथ और नहीं दिया तो थोड़े कड़वे शब्दों के साथ हमारे पिताजी और परिवार का हाल-चाल पूछते और धीरे-से फ़ीस समय से जमा करवाने के लिए कहकर बैठा देते थे। इन सबके अलावा वो हमें हमारे सिलेबस से हटकर और भी कई ज्ञान की बातें बताया करते थे जैसे कि- हमारे देश का प्रधानमंत्री कौन है? हमारे ज़िले के डिस्ट्रिक्ट-मजिस्ट्रेट का क्या नाम है? अपने बड़ों का आदर करना, माँ-बाप की सेवा करना और भी बहुत-सी बातें, लेकिन प्रेयर वाले दौर में यह सब बातें इक्का-दुक्का ही नज़र आती हैं। ख़ैर, प्रार्थना सॉरी प्रेयर ख़त्म हो चुकी थी और सभी बच्चे अपने-अपने क्लास की तरफ़ बढ़ गये।

फ़ॉर्मल शर्ट-पैंट तथा आँखों पर बिना फ्रेम वाला मॉडर्न चश्मा लगाये अंग्रेज़ी के मास्टर साहब हाथ में एक रजिस्टर लिये क्लास में घुसे। उनके क्लास में आते ही सभी बच्चें खड़े होकर-

"गुड मॉर्निंग सर!" कहकर उनका अभिवादन किया।

"गुड़-मॉर्निंग बच्चों, हैव ए नाइस डे।" कहकर अपना रजिस्टर सामने टेबल पर रख दिया और अपने दोनों हाथ एक-दूसरे हाथ में घुमाते हुए और एक पॉज़िटिव मुस्कान के साथ कहा-

"हाउज़ योर मॉर्निंग स्टूडेंट्स?" मास्टर साहब की बातों में बड़ा ही जोश था।

"नाइस सर।" सभी बच्चों ने एक साथ कहा।

ऐसा लगा जैसे मास्टर साहब का यह रोज़ का प्रश्न था और बच्चों का रोज़ का जवाब।

"ग्रेट, तो पहले अटेंडेंस ले लेते हैं, उसके बाद होमवर्क चेक कर लेते हैं।"

"ओके सर।"

मास्टर साहब ने रजिस्टर खोला और सबकी अटेंडेंस लेने लगे। अटेंडेंस लेने के बाद उन्होंने एक पतली-सी छड़ी उठायी और सबका होमवर्क चेक करने लगे। पहली बेंच पर तीन लड़कियाँ बैठी थीं, तीनों बहुत ही अच्छी दोस्त थीं। बेंच पर आगे की तरफ़ मानसी बैठी थी, होमवर्क दिखाने के लिए सबसे पहले

वो खड़ी हुई। मानसी बहुत ही रिच और मॉडर्न फ़ैमिली से थी, उसके हाव-भाव, कपड़े, रहने का तरीक़ा, रोज़ का टिफ़िन, किताब-कॉपियाँ यह सब देखकर कोई भी आसानी से उसके पारिवारिक वातावरण का अंदाज़ा लगा सकता था। अब इतनी सब बातें होने के बाद तो ज़ाहिर-सी बात है कि मानसी में कुछ उस रूतबे का असर तो होगा ही। मास्टर साहब ने उसकी कॉपी चेक की, पूरा होमवर्क कम्प्लीट और साफ़-सुथरा था जो कि मानसी का हमेशा ही होता था।

"वेरी-गुड़ मानसी। तुम्हारा होमवर्क हमेशा ही कम्प्लीट रहता है, सिट डाउन बेटा।" मास्टर साहब ने उसे शाबासी दी।

अब इतनी शाबासी मिलने के बाद मानसी ने बैठते ही थोड़ा नज़ाकत से अपने बाल अपने कानों के पीछे किये और उसके चेहरे पर गौरवान्वित होने का भाव दौड़ पड़ा। मास्टर साहब से जब शाबासी मिलती है तो चेहरे के गौरव के साथ साँसों में भी ग़ज़ब का गौरव आ जाता है, जिसकी वजह से अक्सर नाक के दोनों सिरे फूल जाते हैं। अब बारी थी बीच में बैठी नव्या की-

"नव्या, चलो होमवर्क दिखाओ?" मास्टर साहब ने थोड़ा तेज़ आवाज़ में कहा।

नव्या न तो कुछ बोली और ना ही उसने अपनी कॉपी निकाली, उसने अपनी जगह पर खड़े होकर अपने दोनों हाथ मार खाने के लिए आगे कर दिये।

"कभी तो होमवर्क पूरा कर लिया करो, रोज़ की आदत बन गयी है तुम्हारी। बस आओगी मुँह बनाकर खड़ी हो जाओगी, शर्म नहीं आती तुम्हें।" मास्टर साहब ने डाँटते हुए कहा।

नव्या एक बहुत ही शरारती और पढ़ाई के प्रति लापरवाह लड़की थी, उसे लगता था कि इतनी मेहनत से होमवर्क करने से अच्छा है चार डंडे मार खा लो। नव्या भी एक अमीर फ़ैमिली से थी लेकिन अमीर होने का रुतबा उस पर तनिक भी न था। उसे इस बात से बिल्कुल भी फ़र्क़ नहीं था कि उसके पापा क्या करते हैं, उसकी मम्मी क्या करती हैं, उसका परिवार कितना अमीर है उसे तो बस अपने शरारत और मस्ती से मतलब था।

मास्टर साहब ने ज़ोर-ज़ोर से चार डंडे नव्या को लगाये और बैठने के लिए कह दिया। मार खाने से न तो नव्या को कोई असर हुआ न ही पूरी क्लास उसके मार खाने पर हँसी, क्योंकि सब इस बात के आदती हो गये थे। मास्टर साहब जैसे

ही दूसरी ओर घूमे, नव्या ने मुँह बनाकर पीठ पीछे उन्हें चिढ़ा भी दिया। उसके मार खाने से किसी को कोई फ़र्क़ भले न पड़ा लेकिन उस बेंच पर बैठी तीसरी लड़की श्रद्धा बहुत डर गयी, उसका चेहरा डर के मारे लाल हो गया।

श्रद्धा बहुत शांत, समझदार और पढ़ाई में होशियार थी, वह क्लास की सबसे सीधी-साधी और सौम्य लड़की थी, वह एक मिडिल-क्लास फ़ैमिली से ताल्लुक़ रखती थी। वह अपनी पढ़ाई पर बहुत ध्यान देती थी, हर महीने होने वाले टेस्ट में भी उसके ठीक-ठाक मार्क आते थे लेकिन कभी-कभार उसका होमवर्क नहीं पूरा रहता था।

''श्रद्धा, होमवर्क दिखाओ!'' मास्टर साहब ने कहा।

श्रद्धा उठकर खड़ी हुई लेकिन उसने कुछ कहा नहीं।

''कॉपी कहाँ है बेटा आपकी?'' मास्टर साहब ने फिर पूछा।

वह फिर न बोली और अपना मुँह शर्म से नीचे झुकाये खड़ी थी।

''होमवर्क कहाँ है आपका?''

इस बार श्रद्धा की आँखों से आँसू टपक पड़े, वह फूट-फूटकर रोने लगी।

''अरे बेटा! रो क्यूँ रही हो? रोते नहीं श्रद्धा। तुम तो इतनी समझदार हो लेकिन होमवर्क न पूरा करना ग़लत बात है न? शांत हो जाओ।'' मास्टर साहब ने बड़े ही प्यार से कहा।

जब सर ने इतने प्यार से उसे समझाया तो वो थोड़ा शांत हुई लेकिन वह अब भी अपने आँसू पोंछ रही थी।

''तुम पढ़ाई में इतनी अच्छी हो, जो भी पढ़ाया जाता है तुम्हें समझ में भी आ जाता है। कुछ भी पूछने पर तुरन्त जवाब भी देती हो, फिर आपने होमवर्क क्यूँ नहीं किया बेटा?''

''सॉरी सर, आगे से ऐसा नहीं होगा।'' श्रद्धा ने बहुत धीरे से कहा।

''हाँ बेटा! पढ़ाई से ज़रा भी लापरवाही न किया करो, बैठ जाओ।'' यह कह मास्टर साहब आगे बढ़ गये और दूसरी बेंच के बच्चों की कॉपी चेक करने लगे।

नव्या ने धीरे से मानसी के कान में कहा-

''मेरा होमवर्क नहीं पूरा था तो मुझे मार दिये, इसे डाँटा भी नहीं।''

''उसका सिर्फ़ आज नहीं पूरा है और तू कभी नहीं होमवर्क करके आती।'' मानसी ने कहा।

नव्या ने गुस्से से मुँह दूसरी ओर कर लिया।

मास्टर साहब दूसरी बेंच के बच्चों की कॉपी चेक कर रहे थे कि अचानक उनके दिमाग़ में क्या आया वह फिर से आगे आये और थोड़ा दूर लगभग ब्लैकबोर्ड के क़रीब जाकर तीनों लड़कियों को देखने लगे और मुस्कुराकर बोले-

''इस बार रविवार को होने वाली पैरेंट्स-टीचर मीटिंग में आप लोग अपने-अपने परिवार वालों को ज़रूर भेजना।''

उन्होंने उन तीनों से डायरी माँगी और उनकी डायरी पर यह बात लिखकर दे दी। उसके बाद उन्होंने सभी स्टूडेंट्स की कॉपी चेक की और पढ़ाने में लग गये।

(2)

दोपहर में छुट्टी के बाद तीनों सहेलियाँ साथ-साथ घर जा रही थीं। तीनों का साथ में ही आना-जाना था और उनका घर भी स्कूल से ज़्यादा दूर नहीं था, वह सब अब थोड़ा समझदार और बड़ी हो गयी थीं इसलिए उनके पैरेंट्स उन्हें स्कूल छोड़ने या लेने नहीं आते थे। तीनों आपस में बात करते-करते जा रही थीं तभी नव्या ने कहा...

''मानसी, तेरा शूज बहुत अच्छा लग रहा है।''

मानसी ने एक बार रुककर अपना शूज देखा और बोली-

''हाँ, मेरे पापा एक बार बैंगलोर गये थे वहाँ से लाये थे, 2000 का है।''

''अच्छा लग रहा है, हैं न श्रद्धा?'' नव्या ने श्रद्धा से कहा।

''हम्म...'' श्रद्धा ने एक स्माइल के साथ सिर हिला दिया।

''मेरी जो वॉच है ना ये 3000 की है, यह मेरी माँ लायी थीं।'' मानसी ने आगे कहा।

अब थोड़ी-सी तारीफ़ हो जाने के बाद मानसी एक के बाद एक अपनी सभी चीज़ों की तारीफ़ उसके प्राइज़ के साथ करने लगी, थोड़ी देर में ही ''हम्म...हाँ''

करते हुए नव्या और श्रद्धा बोर होने लगे। नव्या को शरारत सूझी-

"हाँ मानसी तेरी सब चीज़ें कितनी अच्छी और महँगी हैं, आज तूने जो दोपहर में टिफ़िन लाया था वह बहुत अच्छा था। कम से कम 1500 का तो रहा ही होगा न?" नव्या ने तंज़ कसते हुए कहा।

"नहीं, 700 का था।" मानसी, नव्या के व्यंग्य को नहीं समझी।

"देखा श्रद्धा, मैंने तेरे से लंच में ही बोला था न।" श्रद्धा ने फिर स्माइल के साथ नव्या को आँख दिखाते हुए चुप रहने को कहा, नव्या ने भी उससे आँखों ही आँखों में कहा कि-

"रुक अभी मज़ा आयेगी।"

"अच्छा मानसी, तेरा बैग कितना अच्छा है। कम से कम दस हज़ार का तो रहा ही होगा न?" इस बार थोड़ा ज़्यादा हो गया, मानसी नव्या की बात समझ गयी। वह चिढ़ते हुए बोली-

"ख़ुद तो तेरे मम्मी-पापा तुझे कुछ दिलाते नहीं हैं, मेरा देख के तुझे क्यूँ चिढ़ मचती है?"

"मैं चिढ़ कहा रही हूँ मेरी प्यारी फ्रेंड, मैं तो तेरी तारीफ़ कर रही हूँ और मेरे मम्मी-पापा बेचारे बहुत ग़रीब हैं न इसलिए मुझे कुछ दिलाते नहीं हैं।" यह कह नव्या फिर हँसने लगी।

मानसी गुस्से में और तेज़ी-तेज़ी चलने लगी, नव्या भी उसके पीछे-पीछे भागी।

"मानसी तेरा शॉक्स कम से कम दो हज़ार का तो होगा ही न?" नव्या ने फिर चिढ़ाते हुए कहा।

मानसी और तेज़-तेज़ चलने लगी, श्रद्धा ने भी उन दोनों के पीछे भागने की कोशिश की। लेकिन वह ज़्यादा दूर नहीं जा पायी, वह सड़क के बग़ल में लगी एक कुर्सी पर बैठ गयी और चिल्लाकर बोली-

"रुको यार, तुम लोगों का रोज़ का नाटक हो गया है। नव्या तू क्यूँ तंग करती है मानसी को?" श्रद्धा की बात मानसी ने भी सुनी और नव्या भी और दोनों रुक गयीं।

नव्या तो श्रद्धा को परेशान देखकर रुक गयी और वापस आकर उसके

बग़ल में बैठ गयी। मानसी भी श्रद्धा की बात सुनकर वापस आ गयी, उसे लगा शायद श्रद्धा मेरी तरफ़ से कुछ बोलेगी। वह भी आयी और उस कुर्सी पर बैठ गयी।

"तू क्यूँ मानसी को परेशान करती रहती है यार?" श्रद्धा ने कहा।

"मैं परेशान कहाँ कर रही थी? मैं तो इसकी तारीफ़ की, तो यह लगी सब चीज़ का प्राइज़ बताने तो मैं बस ऐसे ही मस्ती करने लगी।" नव्या ने हँसते हुए कहा और उसकी उस हँसी में फिर से कहीं न कहीं मानसी को चिढ़ाना नज़र आ रहा था।

"अब है मेरा उतने का तो बताऊँगी नहीं क्या? तेरा है तो तू भी बता, मैंने मना किया है क्या तुझे?" मानसी थोड़ा गुस्से में बोली।

तीनों वहाँ से फिर उठकर घर की तरफ़ चल दिये थे। श्रद्धा, नव्या को समझाते हुए बोली-

"तू मत परेशान किया कर मानसी को, हम लोग फ्रेंड हैं।"

"वही तो ये नहीं समझती है, फ्रेंडशिप का मतलब यह नहीं होता है न।" इस बार मानसी थोड़ा उदास थी।

"तू बहुत समझती है न फ्रेंडशिप का मतलब, उतना ही काफ़ी है।" नव्या भी थोड़ा चिढ़ते हुए बोली।

"यार नव्या, बस कर न। तू हमेशा मस्ती और शरारत में लगी रहती है, ध्यान से पढ़ाई किया कर, होमवर्क तो पूरा कर लिया कर।" श्रद्धा उसे समझाते हुए बोली लेकिन नव्या और भी चिढ़ गयी।

"तू अपना पूरा कर लिया कर और पढ़ाई किया कर मझे लेक्चर मत दें।" यह कह इस बार वह गुस्से में तेज़ी से आगे बढ़ गयी।

यह सब बातें होते-होते श्रद्धा का घर आ गया, मानसी ने श्रद्धा को बाय बोला। श्रद्धा ने चिल्लाकर नव्या को बाय बोला लेकिन उसने मुड़ के भी न देखा, श्रद्धा हँसने लगी और उसने मानसी को बाय किया और वह भी नव्या के पीछे दौड़ते हुए चली गयी।

(3-अ)

श्रद्धा ने घर का दरवाज़ा नॉक किया, माँ ने आकर फ़टाफ़ट दरवाज़ा खोला-

''आ गयी बेटा?''

श्रद्धा ने बाहर शूज निकाला और घर में आकर अपना बैग टेबल पर रखकर हॉल में ही एक पुराने से सोफे पर बैठ गयी।

''आज तो मैं बहुत थक गयी हूँ, सुबह से इतना काम था, इतने सारे कपड़े धोने को थे। तुम्हारे पापा के दोस्त आ गये उन सबको चाय-नाश्ता कराया फिर कहने लगे भाभी जी के हाथ का खाना खाकर ही जायेंगे। अब बताओ भाभी जी इतना खाली हैं जो सबको खाना खिलाती रहें, तुम्हारे पापा के दोस्त न होते तो मैं मना ही कर देती।'' श्रद्धा की माँ ने कहा।

श्रद्धा कुछ न बोली बस चुपचाप सोफे पर बैठी माँ की बातें सुन रही थी।

''बेटा फ़टाफ़ट खाना खाकर तू घर में झाड़ू-पोंछा लगा ले, मैं बर्तन धो लेती हूँ।'' यह कह श्रद्धा की माँ अंदर रूम में चली गयी।

श्रद्धा कुछ न बोली। थोड़ी देर बाद वह सोफे से उठी और बिना कपड़े चेंज किये हाथ धोकर खाना खाया और झाड़ू-पोंछा लगाने लगी।

श्रद्धा की यही दिनचर्या थी। वह हर काम में अपने माँ का हाथ बटाती थी, अब तो कभी-कभार खाना भी बना देती है। श्रद्धा पढ़ाई के साथ-साथ घर के हर काम में माहिर थी, कभी-कभी काम ज़्यादा होने की वजह से वह इतना थक जाती थी कि अपना होमवर्क भी नहीं पूरा कर पाती।

सारा काम करने के बाद शाम को जब वह पढ़ाई करने बैठी तो उसने अपनी स्कूल डायरी माँ को दिखायी और इस बार पैरेंट्स-टीचर मीटिंग में आने के लिए रिक्वेस्ट किया।

माँ ने डायरी देखी और उसपर सिग्नेचर करके कहा-

''मैं ज़रूर आऊँगी।''

(3-ब)

मानसी अपने कमरे में टेबल पर बैठकर पढ़ाई कर रही थी, उसके ठीक पीछे बेड पर उसके मम्मी-पापा बैठे बातें कर रहे थे।

''मैं चाहती हूँ कि इस बार छुट्टियों में हम मानसी को घुमाने के लिए दुबई ले चलें।'' मानसी की माँ ने कहा।

  इत्ती-सी ख़ुशी

‘‘मानसी को घुमाने ले जाना चाहती हो कि तुम घूमना चाहती हो?’’ लगातार मोबाइल में कुछ टाइप करते हुए मानसी के पापा ने कहा।

‘‘मुझे घूमना होता तो मैं तुमसे साफ़-साफ़ कहती, डरती हूँ क्या?’’ मानसी की मम्मी ने कहा।

मानसी के पापा ने सिर्फ़ एक स्माइल दे दी।

‘‘मैं चाहती हूँ कि मानसी की परवरिश में कोई कमी न रह जाये। जब वो बड़ी हो तो उसके पास उसका एक पास्ट-रिमेम्बर कलेक्शन हो। वह हमेशा ख़ुश रहे, उसके पास हर महँगी चीज़ें हों। आज तक मुझे जो भी चीज़ अच्छी लगी मैंने सबकुछ उसे दिलाया है, लेकिन अब वो बड़ी हो रही है, मैं चाहती हूँ कि वो हमसे जो भी माँगे हम सबकुछ उसे दें ताकि वो हमेशा ख़ुश रहे और अपनी पढ़ाई अच्छे से कर सकें।’’ मानसी की माँ ने यह सब कहते-कहते उसके पापा के और भी क़रीब जाकर उनका हाथ पकड़ लिया।

‘‘प्रॉमिस बाबा, जैसा तुम चाहती हो वैसा ही होगा। मानसी मेरी भी तो बेटी है।’’

मानसी टेबल पर किताब खोलकर पढ़ने बैठी थी लेकिन वह किताब पर ध्यान न लगाकर ध्यान से अपने मम्मी-पापा की बातें सुन रहीं थी।

‘‘तो प्रॉमिस करो इस बार हम मानसी को लेकर दुबई घूमने जा रहे हैं?’’ मानसी की माँ ने आगे कहा।

‘‘ओके, प्रॉमिस।’’ मानसी के पापा ने कहा।

‘‘थैंक्यू, थैंक्यू, थैंक्यू।’’ यह बोलते हुए मानसी की माँ ने उसके पापा को गले लगा लिया और फिर वहाँ से उठकर आयी और मानसी को गले लगाकर उसके माथे पर किस करते हुए बोली-

‘‘मेरी प्यारी बच्ची।’’

मानसी ने एक स्माइल की और अपनी मम्मी को अपनी स्कूल डायरी दिखायी।

डायरी देखने के बाद उसकी माँ ने तुरंत उसपर सिग्नेचर किया और बोली-

‘‘मैं ज़रूर चलूँगी बेटा, वैसे भी आजतक मैंने एक भी टीचर-पैरेंट्स मीटिंग नहीं मिस किया है।’’

(3-स)

नव्या अपने बेड पर लेटी आराम से वीडियो-गेम खेलने में लगी हुई थी।

''नव्या ज़रा बाहर से दूध लेती आ न?'' उसकी माँ ने कहा और किचन में चली गयी।

नव्या माँ की बातों को सुनकर भी अनसुना कर अपने वीडियो गेम में लगी रही, माँ ने भी उसे दोबारा कुछ नहीं कहा।

थोड़ी देर में उसके कमरे में उसका बड़ा भाई आया और उसके सिर पर धीरे से एक झापड़ मारते हुए बोला-

''थोड़ा पढ़ भी लिया कर, स्कूल से आयेगी बस वीडियो गेम और कार्टून में लग जायेगी।''

''हटो न भैया, अभी तो स्कूल से आयी थोड़ा खेल लूँ फिर पढ़ रही हूँ न।'' नव्या बेड के दूसरे कोने में जाकर फिर वीडियो गेम खेलने में लग गयी।

माँ ख़ुद गयी बाहर से दूध लायी और घर की नौकरानी ने चाय बनाकर नव्या को पीने के लिए दी। चाय पीकर थोड़ी देर इधर-उधर घूमने के बाद नव्या कार्टून देखने में लग गयी। इस बार उसके भाई ने ज़ोर से डाँटा तो वह गुस्से से बड़बड़ाते हुए गयी और अपनी कॉपी खोलकर उसमें ड्रॉइंग बनाने लगी।

भाई ने डाँट तो दिया पढ़ने के लिए लेकिन वह दोबारा देखने भी नहीं आया कि नव्या क्या पढ़ रही है। थोड़ी देर ड्रॉइंग बनाने के बाद नव्या को अपनी डायरी की याद आयी, उसने डायरी निकाली और सबसे पहले उसमें क्या लिखा है ख़ुद ही पढ़ा।

जब वह कन्फ़र्म हो गयी कि सर ने उसके ख़िलाफ़ कुछ भी नहीं लिखा है, तब वह उसे अपनी मम्मी के पास ले गयी।

''मम्मा डायरी पर साइन कर दो न।'' नव्या ने कहा।

उसकी माँ पड़ोस की एक आंटी से बात करने में व्यस्त थी।

''टी.वी. के पास रख दो अभी मैं या तेरे भैया देख लेंगे।'' उसकी माँ ने कहा और फिर बात करने में व्यस्त हो गयी।

नव्या अपने कमरे में गयी और दरवाज़ा बंद करके सो गयी। डायरी वहीं

इत्ती-सी ख़ुशी

मेज़ पर पड़ी किसी के साइन होने का इंतज़ार करती रही पर किसी ने भी साइन नहीं किया।

अगले दिन नव्या ने अपनी डायरी उठायी और फिर स्कूल चल दी।

(4)

रविवार के दिन पैरेन्ट्स-टीचर मीटिंग में सभी क्लास टीचर अपने-अपने स्टूडेंट्स के पैरेन्ट्स के आने का इंतज़ार कर रहे थे। अंग्रेज़ी वाले सर अपने एक सहयोगी टीचर के साथ एक कोने में बैठे अपने एक-एक स्टूडेंट्स के पैरेन्ट्स से मिल रहे थे।

तब तक श्रद्धा की माँ आ गयी।

''नमस्ते सर।'' श्रद्धा की माँ ने कहा।

''नमस्ते मैम, बैठिये-बैठिये।'' मास्टर साहब ने सामने वाली कुर्सी पर बैठने के लिए कहा।

श्रद्धा भी अपनी मम्मी के साथ आयी थी, मास्टर साहब ने श्रद्धा को भी बैठने के लिए कहा।

मास्टर साहब ने उनके पैरेन्ट्स की प्रजेंट होने की सारी औपचारिकताएँ पूरी कीं और फिर उनकी माँ से कहा-

''आपकी बेटी बहुत ही समझदार है, पढ़ने में भी बहुत अच्छी है। यह कोई भी ऐसा काम नहीं करती जिससे इसकी कोई शिकायत की जाये, लेकिन हाँ कभी-कभी इसका होमवर्क नहीं पूरा रहता है।''

श्रद्धा की माँ ने अंतिम लाइन पर ध्यान ही नहीं दिया, वह तो अपने बेटी की हुई तारीफ़ से फूली नहीं समा रही थी।

''हाँ सर, मेरी बेटी बहुत समझदार है। यह हमेशा हर काम में मेरा हाथ बँटाती है, कभी-कभी तो पूरा खाना भी बना देती है और जब इसे समय मिलता है तो अपनी पढ़ाई भी कर लेती है। सर जी मैं तो यह मानती हूँ कि बच्चों की पढ़ाई-लिखाई तो ठीक है लेकिन घर के काम-काज भी आना ज़रूरी होता है। अब जहाँ शादी-ब्याह करके जायेगी लोग तो यही देखेंगे ना कि लड़की घर के काम-काज में कैसी है। ऐसा नहीं है कि पढ़ती नहीं, पढ़ने के लिए भी हम इसे

पूरा समय देते है।'' श्रद्धा की माँ ने एक ही साँस में पूरी बात कह दी।

मास्टर साहब समझ गये कि आख़िर क्यूँ श्रद्धा कभी-कभी अपना होमवर्क करना भूल जाती है। उन्होंने ज़्यादा कुछ नहीं कहा।

''सबकुछ तो ठीक है मैम, लेकिन श्रद्धा को पढ़ने के लिए ज़्यादा से ज़्यादा समय दिया कीजिये।''

''ठीक सर! अच्छा तो हम चलते हैं।'' श्रद्धा की माँ ने कहा।

''ओके।''

श्रद्धा ने भी अपने सर को बाय कहा और वहाँ से चली गयी।

थोड़ी देर बाद मानसी अपनी माँ के साथ आयी। मानसी की माँ आँखों पे चश्मा लगाये, हाथ में बैग लिये पूरे स्टाफ़रूम में अंग्रेज़ी वाले सर यानी मानसी के क्लास टीचर को ढूँढ़ रही थी।

''एक्सक्यूज़ मी! व्हेयर इज क्लास टीचर ऑफ़ सेवन?'' मानसी की माँ ने एक मैम से पूछा।

''एकदम लास्ट में चले जाइये।'' उस मैम ने एक ओर इशारा करके कहा।

''ओह! थैंक्यू।'' यह कह मानसी की माँ मानसी को लेकर उस ओर चल दी।

''हेलो सर।'' मानसी की माँ ने मानसी के क्लास टीचर से कहा।

''हेलो मैम।'' मास्टर साहब मानसी की माँ का हाव-भाव देखकर ही समझ गये कि मानसी बिल्कुल अपनी माँ की तरह ही है।

इस बार भी सर ने सारी औपचारिकता पूरी की और बोले-

''मानसी पढ़ने में बहुत ही होशियार है, यह होमवर्क हमेशा पूरा करके ही आती है। इसकी कॉपी हमेशा नीट-क्लीन रहती है, आपकी बच्ची की कोई भी शिकायतें नहीं हैं।'' मास्टर साहब ने अपनी बात फटाक से ख़त्म की। वो तो मानसी की माँ की बातें सुनना चाह रहे थे।

''मेरी बच्ची....'' मानसी की माँ ने बग़ल में बैठी मानसी को गले लगाकर उसके माथे पर एक किस किया और बोली-

''....रहेगी ही ना नीट-क्लीन। मैं हमेशा अपनी बच्ची की केयर करती हूँ,

   इत्ती-सी ख़ुशी

उसे कभी किसी चीज़ की कमी नहीं महसूस होने देती हूँ। मैं हर छुट्टी में अपनी बच्ची को मनाली, देहरादून, शिमला, उड़ीसा घुमाने ले जाती हूँ, जिससे वह रियल जगहों को देखकर सब कुछ सीख सकें। मेरा यह मानना है कि बच्चें अलग-अलग जगहों पर घूमते हैं तो उनका दिमाग़ फ्रेश रहता है और वो पढ़ाई पर ज़्यादा ध्यान दे पाते हैं। और तो और इस बार गर्मी की छुट्टियों में मानसी के पापा इसे दुबई घुमाने के लिए प्रॉमिस किये हैं; मेरे पति दुनिया के बेस्ट पापा हैं।''

मम्मी की बात सुनकर मानसी मुस्कुराने लगी।

''अच्छी बात है।'' मास्टर साहब ने कहा।

''ठीक है मैं चलती हूँ, मुझे अभी शॉपिंग के लिए जाना है।'' यह कह मानसी की माँ ने मास्टर साहब को बाय बोला और वहाँ से चली गयी।

अब मास्टर साहब को इंतज़ार था नव्या के पैरेन्ट्स का। लेकिन पूरा दिन बीत जाने के बाद भी उसके घर से कोई नहीं आया।

मास्टर साहब ने अपने सहयोगी टीचर से कहा-

''मैंने आज श्रद्धा, मानसी और नव्या के घर वालों को स्पेशली बुलाया था। मुझे जानना था कि तीन लड़कियाँ दोस्त हैं, एक ही क्लास में पढ़ती हैं, एक ही तरह के टीचर उन्हें पढ़ाते हैं, फिर तीनों एक-दूसरे से अलग क्यूँ हैं। हम तो उन्हें किताबी ज्ञान दे देते हैं लेकिन उनकी पारिवारिक स्थिति उन पर इतना हावी हो जाती है, जिसका असर साफ़ तौर पर उनके जीवन तथा रहन-सहन पर पड़ता है। घरवाले यह नहीं समझ पाते कि यह उनका बचपन है, बच्चे इस उम्र में नासमझ भी होते हैं और समझदार भी। यह उम्र कच्ची मिट्टी के समान होती है, जिस तरह परिवार उन्हें ढालता है वो उसी तरह के बर्तन बनते हैं। स्कूल में बच्चे एक समान दिखे इसलिए सरकार ने यूनिफ़ॉर्म सिस्टम लागू किया, जिससे बच्चों की ऊँच-नीच, अमीरी-ग़रीबी का भेद मिट सकें। लेकिन इतने से कुछ नहीं होगा, इस बात का ख़ासा ध्यान बच्चों के परिवार वालों को रखना चाहिए।

मानसी की माँ मानसी के सामने हमेशा बड़ी-बड़ी बातें करती है जिसका असर उसके तौर-तरीक़े से साफ़ पता चलता है। अब तक मानसी यह बात साफ़ तौर से समझ चुकी है कि वो एक बहुत ही अमीर परिवार से है।

श्रद्धा की माँ उसे पढ़ाई से ज़्यादा घर के काम-काज में ध्यान देने के लिए कहती है इसलिए श्रद्धा पढ़ाई में अच्छी होने के बावजूद भी कभी-कभी होमवर्क

नहीं पूरा कर पाती और एक समय ऐसा आयेगा जब वह पढ़ाई से बिल्कुल दूर हो जायेगी।

नव्या की लापरवाही की वजह उसके घर वाले हैं, वो ख़ुद लापरवाह हैं। उन्हें उसकी पढ़ाई की तनिक भी चिंता नहीं है।

इसलिए सब एक साथ रहते हुए भी एक जैसी नहीं हैं।

12
दो जून की रोटी

''कुछ काम मिलेगा चाचा?'' कँधे पर बैग टाँगे मोहन ने खाँसते हुए पूछा।

मोहन एक हफ़्ते पहले ही अपनी पत्नी मयूरी और पाँच साल के बेटे गोलू को लेकर बिहार के भागलपुर ज़िले से मुम्बई आया था। अभी कोरोना महामारी का संकट पूरी तरह से दुनिया के माथे से हटा नहीं था, सब जैसे-तैसे अपनी जान बचाने में लगे हुए थे। लेकिन भूख की महामारी के आगे दुनिया की सारी महामारी का डर कमज़ोर पड़ जाता है। मोहन पिछले कई सालों से मुम्बई की एक झोपड़पट्टी में रहता था लेकिन जब कोरोना ने हाहाकार मचाया तो वह भी अपने परिवार के साथ गाँव चला गया था। उस वक़्त तो सब कैसे भी करके अपने-अपने गाँव पहुँच गये थे और क़सम भी खाये थे कि अब कभी मुम्बई न जायेंगे, लेकिन भूखा पेट इंसान से कुछ भी करा सकता है। जैसे ही सरकार ने कुछ ट्रेनें चालू कीं, सभी फिर अपना बोरिया-बिस्तर समेट शहर की तरफ़ कूच कर गये। मोहन भी ज़्यादा दिन तक गाँव न रुक सका था, लेकिन जब वह वापस लौटकर आया तो जिस भाड़े की खोली में वह रहता था उसके मालिक ने उसे अपनी खोली में रहने से मना कर दिया और जिस फैक्ट्री में वह काम करता था, वह भी अभी बंद थी। बेचारा पिछले एक हफ़्ते से इधर-उधर काम की तलाश में भटक रहा था, कोई नया या ज़्यादा मेहनत का काम कर पाना उसके लिए थोड़ा मुश्किल था क्योंकि उसे दमा की बीमारी थी। कई दिन तो वह अपने परिवार के साथ एक पुल के नीचे रहा, धीरे-धीरे जो भी पैसे थे सब ख़त्म हो गये, खाने के लिए कुछ भी न बचा था। अब उसने मन में ठान लिया था कि कुछ भी काम हो कर लेंगे, बस खाने को दो जून की रोटी का जुगाड़ हो जाये। वह काम की तलाश में इधर-उधर भटक रहा था, कहीं से उसे पता चला था कि वहाँ से थोड़ी ही दूरी पर किसी नये फ़्लाईओवर के कंस्ट्रक्शन का काम चल रहा है, तो वह अपनी पत्नी और बेटे के साथ वहाँ पहुँच गया था। पहुँचते ही उसने एक बुज़ुर्ग चाचा से काम के विषय में पूछा था-

''काम तो है बेटा लेकिन कोरोना की वजह से हमारे साहब किसी नये

मज़दूर को भर्ती नहीं कर रहे हैं। और तो और पुराने भी लोगों में से कइयों को काम से निकाल दिया गया है।'' बुज़ुर्ग चाचा ने अपने माथे से पसीना पोंछते हुए कहा।

''बहुत परेशान हैं चाचा, अब अगर काम न मिला तो खाने को मर जायेंगे। बीवी-बच्चे भी हैं साथ में, कहाँ लेकर जायेंगे बिना पैसों के?'' मोहन ने चाचा से अपनी तकलीफ़ बतायी।

''तुम्हारी परेशानी हम समझ रहे हैं बेटा, लेकिन हम क्या कर सकते हैं? हम भी तो मज़दूर आदमी हैं। अभी थोड़ी देर में ही मैनेजर साहब आते होंगे, आप उनसे बात करिये।'' चाचा ने कहा और वापस अपने काम में लग गये।

मोहन ने बैग नीचे रखा और तीनों वहीं पास के एक पत्थर पर बैठकर मैनेजर के आने का इंतज़ार करने लगे। थोड़ी देर में एक कार आकर वहाँ रुकी, कार के आते ही उस चाचा ने अपना काम रोककर मोहन को इशारा करके बताया कि ''यही मैनेजर साहब हैं।''

मोहन अपनी जगह से उठकर उस गाड़ी के पीछे तेज़ी से चल पड़ा, उसकी पत्नी मयूरी और बेटा गोलू वहीं पत्थर पर बैठे रहे। कार का दरवाज़ा खुला तो उसमें से यही कुछ चालीस साल का एक हट्टा-कट्टा आदमी नीली जींस सफ़ेद शर्ट और आँखों पर काला चश्मा लगाये उतरा।

''नमस्कार साहब।'' मोहन ने थोड़ा हिचकिचाते हुए कहा।

''नमस्कार।'' मैनेजर ने मोहन के नमस्कार का जवाब तो दिया लेकिन वह उसके पास रुका नहीं और आगे बढ़ गया।

मोहन उसके पीछे भागा।

''साहब कुछ काम मिल जायेगा क्या?''

''नहीं रे बाबा, काम किधर है यहाँ?'' मैनेजर लगातार चलता हुआ बोला।

''साहब बहुत ग़रीब आदमी हूँ, खाने के लिए पैसे नहीं हैं। कई दिन से भूखे ही इधर-उधर भटक रहा हूँ, अगर अब काम न मिला तो मर जाऊँगा।'' मोहन गिड़गिड़ाया।

''तेरे पास खाने को पैसे नहीं हैं तो क्या इसका ज़िम्मेदार मैं हूँ? पूरी कंट्री को खिलाने का ठेका मैंने ले रखा है क्या? इधर काम नहीं है रे बाबा, तू कहीं

और देख ले।'' मैनेजर लगातार आगे बढ़ता हुआ थोड़ा कटु शब्दों में मोहन को डाँटते हुए बोला।

यह सब बातें होते-होते मोहन और मैनेजर, मयूरी और गोलू जहाँ बैठे थे लगभग वहाँ पहुँच गये।

''साहब कुछ तो रहम करो साथ में बीवी-बच्चे हैं, इन सबको लेकर कहाँ-कहाँ भटकूँगा?''

''अब भाई तेरे बीवी-बच्चे हैं तो तू देख उनको कैसे जिलाना-खिलाना है और सुबह-सुबह मेरा दिमाग़ मत खा यार, तेरे को साफ़-साफ़ बोल दिया न यहाँ पर कोई काम नहीं है, तो अभी जा रे बाबा।'' इस बार मैनेजर रुककर मोहन को दुत्कारते हुए बोला।

सारे मज़दूर काम रोककर उनकी ओर ही देखने लगे। एक मर्द किसी भी स्थिति में अपना अपमान बर्दाश्त नहीं कर सकता लेकिन जब बात परिवार की सुरक्षा और रोज़ी-रोटी की आती है, तो वह हर तरह की जली-कटी सुनने को तैयार हो जाता है। मोहन को उसके दुत्कार से तनिक भी फ़र्क़ न पड़ा, वह फिर हाथ जोड़कर बोला-

''साहब पाँच साल का बच्चा भी साथ में है, सुबह से भूखा है, उसपर दया कीजिए मालिक।'' मोहन अपने बच्चे की तरफ़ इशारा करके बोला।

मैनेजर ने उस ओर देखा लेकिन उसकी निगाह गोलू पर ना जाकर मयूरी पर पड़ी और चश्मा थोड़ा-सा नीचे कर ऊपर से झाँकते हुए बोला...

''नाम क्या है?'' साहब गोलू नाम है बेटे का।

''उसका नहीं तेरा और... तेरी वाइफ़ का?''

''साहब मैं मोहन और मेरी पत्नी मयूरी।'' मोहन लगातार हाथ जोड़े हुए बोला।

''प्यारी है।'' मैनेजर की मुस्कान में उसके अंदर का शैतान साफ़ झलक रहा था, लेकिन मोहन का ध्यान उस ओर नहीं गया और वो कुछ नासमझ-सा बोला-

''क्या कहा साहब?''

''बच्चे की मुस्कान बड़ी प्यारी है।''

मोहन हल्का सा मुस्कुरा पड़ा।

मैनेजर ने इधर-उधर देखा और पास में काम कर रहे चाचा को बुलाया-

"चाचा, आपके बग़ल में जो झोपड़ा ख़ाली है वो इन्हें दिला दो और इसको, क्या नाम बताया तूने?" मैनेजर ने मोहन से पूछा।

"साहब मोहन, मोहन नाम है मेरा।"

"हाँ, और मोहन को भी समझा दो कि क्या काम करना है।"

यह कह मैनेजर ने अपनी जेब से दो सौ का नोट निकाला और बोला-

"यह ले बीवी-बच्चों को खाना-वाना खिला दे।" नोट मोहन को देते हुए मैनेजर ने तिरछी नज़र से मयूरी को देखा और वहाँ से चल दिया।

चाचा ने मोहन को ले जाकर घर दिखाया, झोपड़ा बहुत छोटा था लेकिन इस परेशानी में सिर छिपाने के लिए काफ़ी था। मोहन ने अपना सामान रखा और बाहर जाकर कुछ खाने का सामान ले आया।

"अच्छा हुआ मैनेजर मान गया, नहीं तो अब एक भी क़दम न चला जाता।" मयूरी ने एक बिस्किट का पैकेट खोलते हुए कहा।

"सच में मयूरी, अगर काम न मिलता तो ऐसी हालत में हम कहाँ जाते।"

"चलिए कोई बात नहीं, लोग कहते हैं ना भगवान के घर में देर है अंधेर नहीं।"

अगले दिन से मोहन काम पर जाने लगा। वह जो भी काम करता उसका पैसा उसे रोज़ शाम को मिल जाया करता था, खाने-पीने की दिनचर्या चलने लगी। जिस जगह पर कंस्ट्रक्शन की साइट थी, वहाँ से मोहन का घर ज़्यादा दूर नहीं था। मयूरी मोहन की बीमारी से भलीं-भाँति वाकिफ़ थी, इसलिए रोज़ दोपहर वह मोहन का हाल-चाल लेने और उसे टिफ़िन देने साइट पर चली जाया करती थी। ज़रूरत पड़ने पर वह उसके काम में थोड़ा हाथ भी बँटा दिया करती थी।

मयूरी जब भी साइट पर आती तो मैनेजर उसे देर तक घूरा करता था, मोहन को यह बात बड़ी अजीब लगती थी। वैसे तो मैनेजर कभी मोहन के पास भी न आता लेकिन मयूरी जैसे ही साइट पर आती तो मैनेजर अनायास ही मोहन का हालचाल पूछने आ जाया करता था।

‘‘मयूरी तुम साइट पर मत आया करो।’’ मोहन दोपहर का खाना खाते हुए धीरे से बोला।

‘‘क्यूँ? आप ऐसा क्यूँ बोल रहे है?’’ मयूरी ने आश्चर्य से पूछा।

‘‘मुझे मैनेजर का व्यवहार थोड़ा अजीब लगता है।’’

‘‘अब मैनेजर का व्यवहार ठीक नहीं तो मैं क्यूँ न आया करूँ? मुझे इससे मतलब नहीं कि लोग कैसे हैं। मुझे तो बस यह पता है कि मेरा पति बहुत मेहनत से काम करता है और हम सबका पेट पालता है। तो मेरा फ़र्ज़ बनता है कि मैं भी अपने पति की देखभाल करूँ, उसे दोपहर में अपने हाथों से खाना खिलाऊँ। मुझे इसमें बहुत ख़ुशी मिलती है, मेरी यह ख़ुशी मुझसे ना छीनिए।’’ यह कह मयूरी ने हाथ जोड़ लिये।

यह सुन मोहन की आँखें भर आयीं।

‘‘मैं बहुत ख़ुशकिस्मत हूँ कि मुझे तुम्हारी जैसी पत्नी मिली।’’

‘‘मैं आपसे बहुत प्यार करती हूँ और आप भी मुझसे बहुत प्यार करते हैं, इसीलिए मैनेजर हमेशा आपको ग़लत ही लगता है। आप सोचते हैं कि आपके आलावा आपकी मयूरी को कोई और न देखें।’’ मयूरी ग्लास का पानी मोहन की तरफ़ बढ़ाती हुई बोली।

मोहन ने खाना खाया और मयूरी टिफ़िन लेकर घर की तरफ़ चल पड़ी, मोहन फिर से अपने काम में लग गया।

मोहन बहुत मेहनत से काम किया करता था लेकिन बीमारी ऐसी थी कि थोड़ी-थोड़ी देर में उसे तेज़ खाँसी आने लगती थी। वह बहुत कोशिश करके सिर्फ़ उतना ही कमा पाता था कि जितने में उसके परिवार का पेट भर सके। मोहन जो भी कमाता वह सब खाने-पीने में ही ख़त्म हो जाता था लेकिन वह इस बात से संतुष्ट था कि चलो कम से कम परिवार को खाने की तकलीफ़ तो नहीं है।

एक दिन की बात है, मयूरी, मोहन को खाना खिलाकर गोलू के साथ घर लौट रही थी। रास्ते में ही अचानक गोलू को तेज उल्टी होने लगी, गोलू को उल्टी होती देख वो पागल-सी हो गयी, उसने उसे गोदी में उठाया और उल्टे पैर वापस साइट पर आ गयी।

‘‘सुनिए जी, ज़रा देखिए तो गोलू को क्या हो गया? पता नहीं क्यूँ रास्ते में

इसे उल्टी होने लगी।'' मयूरी साइट पर पहुँचते ही दूर से चिल्लाकर बोली।

अचानक वापस मयूरी की आवाज़ सुन मोहन हड़बड़ा गया, वह फावड़ा फेंककर मयूरी की तरफ़ दौड़ पड़ा। वहाँ काम कर रहे सभी लोग मयूरी की आवाज़ सुन काम रोककर उसे देखने लगे। इससे पहले कि मोहन मयूरी के पास पहुँचता, गोलू को फिर से उल्टी होने लगी, इस बार गोलू पस्त हो गया, उसकी आँखें झपकने लगीं। यह देख मोहन बौखला गया, मयूरी तो चीख़ पड़ी, वहाँ काम कर रहे लोग मयूरी की तरफ़ दौड़ पड़े। मैनेजर अपने ऑफ़िस में बैठा काम में व्यस्त था, उसे इन सब बातों की तनिक भी भनक न थी। मोहन, मयूरी की गोद से गोलू को अपने गोद में ले लिया और तेज़ी से सड़क की तरफ़ भागा। मयूरी भी उसके पीछे-पीछे भागी जा रही थी, तभी अचानक मोहन को याद आया कि उसके पास तो सिर्फ़ सौ रुपये हैं, वह रुका और बोला-

''मयूरी मेरे पास तो सिर्फ़ सौ रुपये ही हैं।''

''आप पहले अस्पताल चलिये, डॉक्टर गोलू का इलाज शुरू करें फिर हम देखते हैं।'' मयूरी ने कहा।

''नहीं मयूरी, इसमें से सत्तर रुपये तो अस्पताल पहुँचने के लिए रिक्शा का भाड़ा लग जायेगा। मैं गोलू को लेकर स्टेशन के बग़ल वाले अस्पताल में चलता हूँ, तुम साहब से कुछ एडवांस पैसे माँगकर ले आओ।'' मोहन हाँफते और थोड़ा चिल्लाते हुए बोला।

''ठीक है, आप जल्दी से पहुँचिए, मैं साहब से कुछ पैसे लेकर आती हूँ।'' मयूरी मोहन की बात सुनकर साइट की तरफ़ भागते हुए बोली।

मोहन ने एक रिक्शे को हाथ दिया और उसमें बैठकर अस्पताल की तरफ़ निकल गया। मयूरी मैनेजर के ऑफ़िस में पहुँची। अचानक मयूरी को अपने ऑफ़िस में देख मैनेजर आश्चर्य में पड़ा या ख़ुश हुआ या फिर दोनों हुआ, यह कहना थोड़ा कठिन है। वह कुछ बोलता कि मयूरी हाथ जोड़कर बोल पड़ी-

''साहब मेरे बेटे की तबीअत बहुत ख़राब है, पता नहीं क्यूँ अचानक उसे तेज़ उल्टियाँ होने लगीं। मेरे पति उसे अस्पताल लेकर गये हैं पर साहब हमारे पास एक भी पैसे नहीं हैं। हमारी मदद कीजिए साहब, जो भी पैसे होंगे साहब हम धीरे-धीरे आपको दे देंगे।'' मयूरी ने हाथ जोड़कर रोते हुए एक साँस में सब कह दिया।

मयूरी सब बहुत तेज़ी से बोल पड़ी लेकिन मैनेजर उसे लगातार घूरता जा रहा था और बहुत धीरे से बोला-

''चिंता नहीं करने का, कभी-कभार ऐसा हो जाता है बच्चों को। कुछ उल्टा-सीधा खाया होगा उसने।''

''हो सकता है साहब।'' मयूरी ने हाथ जोड़े हुए कहा।

''कितने पैसे चाहिए?''

''ज़्यादा नहीं साहब, बस पाँच सौ रुपये दे दीजिए।'' मयूरी ने कहा।

मैनेजर ने अपनी पर्स से दो हज़ार का नोट निकाला और उसे देते हुए बोला-

''यह ले दो हज़ार, पाँच सौ में अब कोई डॉक्टर दवा नहीं देता और हाँ चिंता नहीं करने का जितना भी पैसा लगे, बेहिचक माँग लेना।''

''आपका बहुत-बहुत धन्यवाद साहब।'' मयूरी ने हाथ में पैसा लेते हुए मैनेजर का शुक्रिया अदा किया और वहाँ से निकलने के लिए जैसे ही दरवाज़े पर आयी, मैनेजर फिर बोल पड़ा-

''मयूरी रुक, मैं भी उधर ही चल रहा हूँ, चल तुझे अपनी गाड़ी से छोड़ देता हूँ रिक्शे से जाने में तुझे बहुत देर हो जायेगी।''

मयूरी रुक गयी। मैनेजर ने अपने ड्राइवर में से कार की चाभी ली और ऑफ़िस से निकलकर मयूरी के साथ कार में बैठकर अस्पताल की तरफ़ निकल गया।

बूढ़े चाचा ने मयूरी को कार से जाते देखा तो वह तो अचंभित हो गये और मन ही मन बोल पड़े-

''जो मैनेजर कल तक इन्हें काम पर रखने को तैयार नहीं था, वो आज इन्हें अपनी कार से लेकर जा रहा है। कहीं ऐसा तो नहीं कि मोहन के बेटे की तबीअत ज़्यादा ख़राब है?'' चाचा थोड़ा कश्मकश में पड़ गये लेकिन थोड़ी देर सोचने के बाद वह फिर अपने काम में लग गये।

मयूरी मैनेजर के साथ अस्पताल पहुँची, डॉक्टर गोलू का इलाज कर रहे थे और मोहन बाहर एक कुर्सी पर बैठा था। मोहन ने मैनेजर साहब को देखा तो वह अपनी जगह पर उठकर खड़ा हो गया।

“बच्चे की तबीअत कैसी है मोहन?” मैनेजर ने पूछा।

“अभी तो जाँच कर रहे हैं साहब।” मोहन ने कहा।

“आप गोलू के साथ अंदर क्यूँ नहीं गये?” मयूरी ने पूछा।

“नर्स ने कहा आप बाहर रुकिये तो मैं यहीं रुक गया।”

यह सब बातें चल ही रही थीं कि डॉक्टर बाहर निकला-

“टेंशन लेने की ज़रूरत नहीं है, बच्चे को फ़ूड पॉइज़निंग की वजह से उल्टियाँ होने लगी थीं। मैं दवा लिखकर दे देता हूँ और हाँ उसके खाने-पीने का ध्यान दीजियेगा बाहर का खाना तो बिल्कुल नहीं।

“जी साहब।” मोहन ने कहा।

मोहन ने डॉक्टर की फ़ीस भरी, मेडिकल से जाकर दवा लिया और सब अस्पताल से बाहर आ गये।

“आपका लाख-लाख शुक्रिया साहब, आपने हमारी बहुत मदद की। हमें रहने के लिए घर दिया, नौकरी दी, आज हमारे बच्चें की तबीअत ख़राब हुई तो भी आपने ही मदद की।” मोहन ने मैनेजर के सामने हाथ जोड़कर कहा।

“अरे इसमें शुक्रिया की कोई बात नहीं है रे, तू मेरे इधर काम करता है तो अपना तो इतना फ़र्ज़ बनता ही है ना। टेंशन मत लें, घर जा और हाँ बच्चे के खाने-पीने का ख़याल रखना, किसी भी चीज़ की ज़रूरत हो तो बेहिचक बोलना।” यह कह मैनेजर अपनी कार में बैठकर वहाँ से निकल गया।

मोहन रिक्शे से मयूरी और गोलू को लेकर घर की तरफ़ चल दिया।

धीरे-धीरे गोलू के स्वास्थ में सुधार होने लगा, मयूरी फिर से मोहन को दोपहर का खाना देने आने लगी। उस दिन की घटना से मोहन और मयूरी के मन में मैनेजर के प्रति थोड़ी इज़्ज़त आ गयी थी।

एक दिन दोपहर में मोहन खाना खा रहा था और मयूरी मोहन के पास बैठी बातें कर रही थी तभी अचानक मैनेजर उनके पास आया और बोला-

“और मोहन कैसा है?”

“ठीक हूँ साहब।” मोहन अपना खाना छोड़ उठकर खड़े होने लगा।

“अरे बैठ भाई, खाना खाते समय नहीं उठने का।” मैनेजर ने कहा।

''तेरा बच्चा अब कैसा है?'' मैनेजर ने मयूरी से पूछा।

''अब ठीक है साहब। शुक्रिया आपका, उस दिन आपने हमारी मदद न कि होती तो हम किसके पास जाते।'' मयूरी ने कहा।

''अरे कोई बात नहीं रे बाबा। तुम लोग उसका ख़याल रखो बस, सबकुछ करने वाला तो वो मालिक है। मैं तो बस तुम लोगों को यह समझाने आया था कि आज की महँगाई में अकेले की कमाई से कुछ नहीं होने वाला है। मोहन दिन भर बहुत मेहनत करता है, फिर भी बस इतना ही कमा पाता है जितने में सिर्फ़ खाने-पीने का ख़र्च निकल सके, लेकिन सिर्फ़ कमाकर खाना ही तो लाइफ़ नहीं है ना रे। तो मैं यह कह रहा था कि मयूरी तू भी कुछ ना कुछ काम कर, जिससे खाने-पीने के अलावा तुम लोग के पास कुछ पैसे जमा भी रहें ताकि कभी अचानक में पैसों की ज़रूरत पड़े तो तुम्हें किसी के सामने हाथ न फैलाना पड़े। अब उस दिन ही देखो, अचानक बच्चे की तबीअत ख़राब हुई तो तुम्हें पैसों की ज़रूरत पड़ी ना? चलो उस दिन तो मैंने दे दिया लेकिन अब रोज़ थोड़े ही मैं दूँगा।'' मैनेजर ने कहा।

मोहन और मयूरी एक-दूसरे को देखने लगे।

''लेकिन साहब हमारे गाँव की औरतें काम नहीं करतीं। गाँव में यह बात किसी को पता चली तो हमारी बड़ी बेइज़्ज़ती होगी और जब तक मैं हूँ मयूरी काम पर जाये यह मुझे मंज़ूर नहीं।'' मोहन ने बहुत शांत स्वर में कहा।

''अरे बाबा, कहाँ पुराने ज़माने में पड़ा है। आज के ज़माने में पति पत्नी दोनों काम करते हैं तब घर चलता है और फिर तुम्हारे गाँव से यहाँ कौन देखने आ रहा है?'' मैनेजर ने समझाते हुए कहा।

मयूरी को मैनेजर की बात अच्छी लगी, मोहन ने तो फ़िलहाल कुछ भी नहीं कहा।

''वैसे मयूरी को कहीं और जॉब करने भी नहीं जाना है, मुझे एक कामवाली की ज़रूरत है जो मेरे घर पर दोनों टाइम खाना बना सके और बर्तन धो सके, पाँच हज़ार रुपये महीने का दूँगा। मैंने तो अपनी बात कह दी अब तुम दोनों जैसा सही समझो, वैसे दोनों मिलकर काम करोगे तो बच्चे का भविष्य बनेगा।'' यह कह मैनेजर वहाँ से चला गया।

मोहन और मयूरी वहाँ से कुछ दूरी पर खेल रहे गोलू को एकटक देखने

लगे।

"वैसे ठीक ही कह रहे हैं मैनेजर साहब, हम दोनों मिलकर काम करेंगे तो ही अच्छा होगा।" मयूरी ने कहा।

"लेकिन मयूरी, तुम क्या-क्या करोगी? घर का काम रहता है, फिर गोलू को भी देखना है। सबकुछ कैसे कर पाओगी?" मोहन ने कहा।

"आप उसकी चिंता न करो, मैं कर लूँगी। देखिए कहीं दूर भी नहीं जाना है, मैनेजर साहब के घर का ही तो काम है और फिर खाना बनाना और बर्तन धोना कौन-सा बहुत बड़ा काम है, सब आराम से हो जायेगा।" मयूरी ने मोहन को समझाते हुए कहा।

"वैसे मैनेजर साहब सही कह रहे थे, मेरी कमाई बस खाने भर की होती है, सुख-दुःख के लिए कुछ नहीं बचता। लेकिन मयूरी मैं तुमसे यह नहीं कहूँगा की तुम काम करो, अगर तुम्हारा मन हो तो करना, नहीं तो हम देखते हैं जितना है उतने में ही जी लेंगे।" मोहन ने कहा।

"आप बिल्कुल चिंता न करिये, मैं अपने घर का भी काम कर लूँगी और साहब के भी। थोड़े और पैसे आयेंगे तो हम गोलू की परवरिश और अच्छे से कर पायेंगे और आपकी भी दवा कराऊँगी, रात भर खाँसते-खाँसते आप परेशान हो जाते हैं।" आख़िरी लाइन कहते-कहते मयूरी का गला भर आया।

मोहन की भी आँखें गीली हो गयीं, वह कुछ न बोला।

अगले दिन मयूरी ने मैनेजर के यहाँ काम करना शुरू कर दिया। अब मोहन और मयूरी दोनों काम करने लगे थे, एकदम सबेरे ही उठकर मयूरी अपने घर पर खाना बनाती और फिर मैनेजर के घर पर काम करने चली जाती। जब तक वह मैनेजर के यहाँ काम करती तब तक मोहन गोलू की देखभाल करता। फिर मयूरी दिन भर घर पर रहती और मोहन साइट पर काम करने चला जाता। जब मोहन शाम को घर आता तो मयूरी पहले से खाना-पीना बनाकर रखे रहती और मोहन और गोलू को खाना खिलाने के बाद मैनेजर के घर खाना बनाने चली जाती। मयूरी अपने घर के साथ-साथ मैनेजर के घर का काम भी भलीं-भाँति करने लगी थी।

मोहन दिन भर काम करके बहुत थक जाता था, वह अक्सर खाना खाने के बाद बिस्तर पर पड़ते ही सो जाता। गोलू भी अपने पापा के साथ ही उसी वक़्त

   इत्ती-सी ख़ुशी

सो जाता था।

एक दिन की बात है, मयूरी ने खाना बनाकर मोहन और गोलू को खिलाया और ख़ुद खाना बनाने मैनेजर के घर चली गयी। मोहन भी खाना खाने के बाद थोड़ी देर तक गोलू से बातचीत किया और पता नहीं कब उसे नींद आ गयी। रात को अचानक ही उसे बहुत तेज़-तेज़ खाँसी आने लगी, आँख खुली तो उठकर लाइट जलायी, सामने एक डिब्बे में से एक ग्लास पानी निकाला और पीने लगा। घड़ी पर नज़र पड़ी तो वह अवाक रह गया, रात के बारह बज रहे थे लेकिन मयूरी अभी तक नहीं आयी थी। गिलास बग़ल में रखकर वह परेशान-सा रूम में इधर-उधर टहलने लगा। कुछ देर सोचने के बाद दिमाग़ में पता नहीं क्या आया उसने फिर से लाइट बंद की और बिस्तर पर लेट गया। बिस्तर पर आँखें खोले मोहन लेटा रहा, थोड़ी देर बाद दरवाज़ा खुला और मयूरी धीरे से अंदर आयी। उसने लाइट नहीं चालू की और अँधेरे में ही टटोलते हुए आकर बिस्तर पर लेट गयी। उस वक़्त तक मोहन जाग रहा था लेकिन इस बात से मयूरी अनभिज्ञ थी, उसने मयूरी से एक शब्द भी न कहा। थोड़ी ही देर में मयूरी सो गयी, लेकिन मोहन की आँखों में नींद न थी। वह रात भर अपने मन में तरह-तरह की बातें सोचता रहा।

"मयूरी आख़िर इतनी देरी से क्यूँ आती है? कहीं घर की परेशानी को देखकर वह कोई और काम तो नहीं करने लगी।"

फिर सोचता...

"हो सकता है मैनेजर साहब के यहाँ जाती है तो उसे और भी घरों का काम करने को मिल गया हो, मैं मना कर दूँगा यह सोचकर मुझसे नहीं बता रही हो।"

अगले ही क्षण दूसरे विचार ने जन्म लिया...

"कहीं मयूरी ने कोई ग़लत क़दम तो नहीं उठा लिया?" यह ख़याल आते ही वह विचलित हो उठा। उसने थोड़ा-सा सिर उठाकर अँधेरे में मयूरी को देखने की कोशिश की लेकिन अँधेरा इतना था कि वह दिखी नहीं।

"नहीं, नहीं मयूरी ऐसा नहीं करेगी, मुझे उसपर पूरा भरोसा है। वह मुझसे बहुत प्यार करती है।"

यही सब सोचते सुबह हो गयी। अगले दिन दोपहर में वह साइट पर काम कर रहा था उसके दिमाग़ में आया,

“क्यूँ न मयूरी से ही यह बात पूछ लूँ।”

फिर अगले ही पल वो सोचा,

“नहीं-नहीं, मैं उससे नहीं पूछूँगा, उसे लगेगा कि मैं उस पर शक कर रहा हूँ। ऐसा करता हूँ आज रात में ख़ुद चलकर देखता हूँ कि आख़िर वह क्यूँ इतना लेट आती है।” यह सोचकर वह फिर काम पर लग गया। मयूरी दोपहर को खाना लेकर आयी लेकिन मोहन ने कुछ भी नहीं कहा।

रात को मयूरी ने खाना बनाया, मोहन ने गोलू को खाना खिलाया और उसे सुलाने लगा।

“क्या बात है, आज बड़े जल्दी गोलू को सुला दे रहे हैं?” मयूरी ने कहा।

“हाँ सोचा इसे पहले सुला दूँ, मुझे पता नहीं कब नींद आ जाती है और यह जागता ही रह जाता है।” मोहन ने कहा।

मयूरी ने मोहन की बात पर ज़्यादा ध्यान नहीं दिया, थोड़ी ही देर में गोलू सो गया तो मोहन खाना खाने लगा। मयूरी ने भी खाना खाया और घर से निकल गयी। मोहन भी उसके पीछे हो लिया, थोड़ी दूर पैदल चलने के बाद मैनेजर का घर आ गया, मयूरी ने गेट खोला और अंदर चली गयी। कुछ देर मोहन वहीं बाहर खड़ा रहा और आस-पास देखते हुए धीरे उसने गेट खोला और वह भी अंदर चला गया। गेट के अंदर घुसते ही घर के बाहरी दीवार पर एक खिड़की लगी हुई थी जहाँ से अंदर का नज़ारा साफ़ दिखता था, मोहन ने खिड़की के पास आकर अंदर झाँका तो उसकी आँखें फटी की फटी रह गयीं- मयूरी मैनेजर की बाहों में लिपटी खड़ी थी। एक दफ़ा तो मोहन का पूरा शरीर झन्ना गया, उसे तो अपने देखे पर भरोसा ही ना हो रहा था। मन तो किया अंदर जाकर मयूरी से सब कुछ पूछ ले, लेकिन उसकी हिम्मत ना हुई, वह उल्टे पाँव वापस अपने घर आ गया। घर में बैठे हुए रह रहकर उसकी आँखों के सामने मैनेजर के घर का नज़ारा घूम जाता था। अचानक ही वह बेचैन हो उठता, कभी घर में इधर-उधर टहलने लगता तो कभी ज़ोर-ज़ोर से रोने लगता, अगले ही पल शांत होकर लगातार सोचने लगता। आज भी घड़ी की सुईयाँ समय की सीमा-रेखा को पार कर आगे बढ़ चुकी थीं।

मोहन उस दिन जागता रहा, मयूरी घर पहुँची तो घर की लाइट जल रही थी, दरवाज़ा खुला था, मोहन सामने बैठा कुछ सोच रहा था।

''सोये नहीं क्या अभी तक?'' मयूरी ने कहा।

''तुम अभी रात को बारह बजे कौन-सा काम करके आ रही हो?'' मोहन ने मयूरी की तरफ़ देखते हुए पूछा।

''अरे आज बहुत काम था इसलिए लेट हो गयी।'' मयूरी आगे बढ़कर किचन का सारा सामान एक तरफ़ रखने लगी, जैसे वो मोहन के इस प्रश्न का उत्तर देने से बच रही हो।

''ऐसा कौन-सा काम था जो इतना ज़्यादा लेट हो गया?'' मोहन ने फिर उसी अंदाज़ में पूछा।

''था कोई काम।'' मयूरी ने लगातार काम करते हुए कहा।

मोहन अपनी जगह से तेज़ी से उठा और मयूरी के हाथ को पकड़कर उसे तेज़ी से अपनी तरफ़ घुमाते हुए, उसकी आँखों में आँखें डालकर बोला-

''जब काम ही करके आ रही हो, तो चोरों की तरह नज़रें छुपाकर क्यूँ बात कर रही हो मयूरी?''

''अब नज़रें मिलाने और चुराने की क्या बात है, सिरे से एक-एक चीज़ तो नहीं बता सकती ना।'' मयूरी ने झल्लाते हुए कहा।

''तुम्हें बताने की कोई ज़रूरत नहीं है, मुझे सब पता है।''

मोहन की बातें सुन एक दफ़ा तो मयूरी सन्न रह गयी, फिर भी उसने ख़ुद को सँभालते हुए कहा-

''क्या पता है?''

''वही जो तुम करके आ रही हो, मैं सबकुछ अपनी आँखों से देख के आ रहा हूँ।''

''जब सब पता है तो क्यूँ पूँछ रहे हो?'' मयूरी ने अपने हाथों को झटककर मोहन के हाथों से छुड़ाते हुए कहा।

''तुम कितना बदल गयी हो मयूरी, क्या हो गया है तुम्हें? तुम अब झूठ भी बोलने लगी, तुम हमारे प्यार को भूल गयी, तुमने हमारे विश्वास को एक पल में तोड़ दिया। अरे वो दिन भूल गयी, जिस दिन मैं और तुम शादी के बँधन में बंधे थे। अग्नि को साक्षी मानकर पूरे गाँव के सामने क़स्में खायी थीं कि एक-दूसरे का

साथ कभी नहीं छोड़ेंगे। यह सब करते हुए तुम्हें गोलू की याद न आयी?" यह कहते-कहते मोहन की आँखें भर आयीं।

"गोलू की ही याद आयी इसलिए ऐसा क़दम उठाया और जैसा आपने देखा है वैसा कुछ भी नहीं है, सब ग़लत है। मैनेजर जान बूझकर मुझे रोककर रखता है, मेरे साथ ज़बरदस्ती करता है। उसने हमारी इतनी मदद की है, हमें रहने के लिए घर दिया है, गोलू जब बीमार था तब भी उसी ने हमें पैसा दिया और गोलू का भविष्य अच्छा बन सके यही सब सोचकर मैं सबकुछ सहकर भी वहाँ काम करने जाती रही। मुझे आपने रावण के साथ भले ही देखा है, पर मैं आज भी जानकी-सी पवित्र हूँ।"

"अपनी सफ़ाई में माता जानकी का नाम जोड़कर तुम उन्हें बदनाम ना करो और तुम्हें इतनी परेशानी थी तो मुझसे कहतीं, वहाँ काम करना बंद कर देतीं।" मोहन ने इस बार थोड़ा तेज़ आवाज़ में कहा।

"वहाँ काम करना बंद कर देती तो वह तुम्हें भी काम से निकाल देता। यह घर हमसे ले लेता और फिर तुम हमें लेकर दर-दर की ठोकरें खाते फिरने लगते। जब गोलू मुझसे कुछ माँगता है और मैं उसे वह चीज़ उसे नहीं दिला पाती तो मुझे बहुत तकलीफ़ होती है। गोलू की सारी ज़रूरतें पूरी हों यही सब सोचकर मैं मैनेजर को मना नहीं कर पाती, लेकिन मेरा भरोसा रखो मैं आज भी पवित्र हूँ। लेकिन हाँ, अगर ऐसा ही चलता रहा तो एक-न-एक दिन मैं ज़रूर उसकी हवस का शिकार हो जाऊँगी और उसे मना भी न कर पाऊँगी, तुमने जो भी कुछ देख सब झूठ था।"

"काश, सब झूठ हो।" यह कह मोहन लेट गया। उसकी आँखों की कोरों से आँसू टपकने लगे।

मयूरी कुछ देर तक उसे देखती रही और फिर उठकर उसने लाइट बंद कर दी और सो गयी। मयूरी तो सो गयी लेकिन मोहन का कलेजा पूरी रात धधकता रहा।

अगले दिन सुबह बिना खाये-पिये वह काम पर चला गया, मयूरी ने ज़्यादा ज़िद भी न की। दिन भर काम करने के बाद उसे शाम को मज़दूरी मिली, मज़दूरी मिलने के बाद वह किराने की दुकान पर सामान लेने पहुँच गया। तभी उसके दिमाग़ में कल रात की बात गूँजने लगीं, वह मन ही मन बोल पड़ा-

‘‘मैं किसके लिए सब सामान ख़रीदूँ? अब कौन मेरा अपना है? आज तक जो भी किया उसके बदले में क्या मिला? सिर्फ़ धोखा?’’

मोहन किराने की दुकान से निकलकर दूसरी ओर चल दिया। जीवन में आज पहली बार मोहन शराब के ठेके की तरफ़ चल दिया था, उसने पूरे पैसे की शराब पी ली। शराब के नशे में वह इतना धुत था कि उसका सही से चल पाना भी मुश्किल था। गिरते, पड़ते, लड़खड़ाते मोहन अपने घर पहुँचा तो उसके घर का दरवाज़ा बंद था, मयूरी आज काम पर नहीं गयी थी। उसने ज़ोर से दरवाज़ा पीटा, मयूरी ने दरवाज़ा खोला तो सामने मोहन खड़ा था-

‘‘क्यूँ आज ज़रूरी काम पर नहीं गयी?’’ मोहन ने लड़खड़ाते हुए शब्दों में पूछा, उसके मुँह से शराब की बहुत तेज़ गंध आ रही थी।

मयूरी, मोहन के व्यंग्य को समझ गयी, लेकिन वह मोहन को शराब के नशे में देख घबरा भी गयी थी। उसे पता था कि मोहन शराब नहीं पीता, उसने उसके सवाल का जवाब न देकर गुस्से में अपना सवाल पूछा-

‘‘कौन पिलाया तुमको ये गटर का पानी?’’

‘‘किसी ने पिलाया नहीं है, मैंने अपने पैसे की पी है और हाँ ज़बान सँभाल के बात करो मयूरी, यह गटर का पानी नहीं मेरा हमसफ़र है।’’ यह कह मोहन मयूरी को धकेलता हुआ घर के अंदर आ गया।

मयूरी, मोहन के दिल के दर्द को समझती थी, लेकिन वह यह भी जानती थी कि वह(मयूरी) ग़लत नहीं है।

‘‘काहे फालतू में शराब की लत में बर्बाद होने को तुले हो?’’

‘‘अब आबाद होने को बचा ही क्या है मयूरी? अब तो तुम पैसे वालों की हो गयी हो, अपना और गोलू का तो पेट पाल ही लोगी। हमें अब कोई चिंता नहीं अब तो शराब ही मेरी सबकुछ है।’’ मोहन ने फिर लड़खड़ाते हुए शब्दों में तंज़ कसा।

मयूरी, मोहन के तंज़ को फिर समझ गयी लेकिन उसकी बातों को नज़रअंदाज़ कर मोहन को शांत करने के लिए दूसरा सवाल पूछा-

‘‘पहले तो कभी आपने शराब को हाथ नहीं लगाया था?’’

‘‘पहले तो तुम भी मेरे अलावा किसी की बाहों में नहीं गयी थीं।’’ मोहन ने

यह बात बड़े दर्द से कही।

इस बार मयूरी का गुस्सा फूट पड़ा।

"मैंने कई बार कहा, मेरे और मैनेजर के बीच कुछ नहीं है। फिर भी तुम क्यूँ नहीं समझते?"

"अब समझने को रह क्या गया है मयूरी?" मोहन भी चिल्लाकर खड़ा हो गया और फिर बहुत धीरे से बोला-

"अरे रावण की लंका से आने के बाद जानकी पवित्र थी लेकिन यह बात समाज नहीं समझ पाया और मैंने तो तुम्हें अपनी आँखों से मैनेजर की बाँहो में देखा है, तो मैं कैसे समझ जाऊँ? मेरा दिल कैसे समझ जाये? मेरा विश्वास कैसे समझ जाये?"

"समझना है समझो और नहीं समझना है तो मत समझो, जो सच था वो मैंने कहा दिया।" मयूरी भी झल्लाकर बोली।

"कोई दूसरा कहता तो मैं कभी विश्वास न करता, लेकिन अपनी आँखों पर कैसे भरोसा न करूँ?"

"हाँ तो ठीक है न, जो भी देखा तुमने वो सच है। जो भी तुम्हारी आँखों ने देखा वो सही है, मुझे फ़र्क़ नहीं पड़ता वो सही है कि ग़लत और तुमने आज तक दिया ही क्या है मुझे? न अपना घर, न तन पर कपड़ा, न पेट भर रोटी। हमेशा यहाँ-वहाँ लेकर भटकते रहते हो। मैं ऐसी नहीं थी मोहन, तुमने तो मुझे तो दूसरों के घरों की नौकरानी बना दिया।" आख़िरी लाइन कहते-कहते मयूरी रो पड़ी।

"मैंने कहा था तुम्हें दूसरे के घर में काम करने को?" मोहन ने कहा।

"शांत रहो, सिर्फ़ मैं जो कह रही हूँ वो सुनो- शादी के बाद तुमने बहुत बड़े-बड़े सपने दिखाये थे मोहन, सात साल हो गये हमारी शादी को, आज हम कहाँ हैं? किस हक़ से उँगली उठा रहे हो? क्या दिया है आज तक तुमने जो इतना हक़ जता रहे हो? मैं तो जीवन में हर ख़ुशियों से समझौता कर ली लेकिन अपने बच्चे की ख़ुशियों को उनके मन में ही मरता नहीं देख सकती। मैं हर क़दम तुम्हारा साथ देती आयी हूँ, पर तुमने मेरा कौन-सा साथ दिया? तुम्हारे लिए हर दर्द को सहते आयी हूँ पर तुमने कभी मेरा दर्द समझने की कोशिश भी की? बोलो? ख़ुद तो तुमने कोई ख़ुशी मुझे नहीं दी और आज मेरी एक छोटी-सी नाजायज़ ख़ुशी

तुमसे बर्दाश्त नहीं हो रही है।'' मयूरी पूरी बात कहते-कहते रोने लगी, मोहन भी रोने लगा। वह एकटक मयूरी को देखता रहा और फिर बहुत धीरे से बोला-

''मयूरी, अगर इस नाजायज़ ख़ुशी में ही तुम्हारी ख़ुशी है, तो यह ख़ुशी मैं तुमसे कभी नहीं छीनूँगा, लेकिन याद रखना एक दिन तुम बहुत पछताओगी।'' मोहन की बातों में लाचारी साफ़ झलकने लगी।

वर्षों से जिस मयूरी की ख़ुशी के लिए वह दिन-रात मेहनत करता रहा, आज उसी मयूरी ने एक पल में उसकी मेहनत पर कई सवाल खड़ा कर दिये थे। वह दूसरी ओर मुँह करके फफककर रो पड़ा, उसने दूसरी ओर सिर घुमाया तो सामने गोलू सो रहा था। गोलू को एकटक देखता मोहन उसके क़रीब गया और उसके सिर पर थोड़ी देर हाथ से सहलाता रहा और फिर अचानक दरवाज़े की तरफ़ बढ़ा-

''कहाँ जा रहे हैं?'' मयूरी ने कहा।

''तुमसे मतलब?'' यह कहते हुए मोहन घर से निकल गया।

''जाइये, जहाँ जाना है वहाँ जाइये, हमसे कोई मतलब नहीं। शराब का नशा उतरेगा तो ख़ुद लौट आयेंगे।'' मयूरी ने चिल्लाकर कहा और बिस्तर पर लेटकर फूट-फूटकर रोने लगी।

मोहन घर से निकल सुनसान सड़क और अंधेरी रात में आँखों के आँसू पोंछता चला जा रहा था। उसे ख़ुद नहीं पता था कि वह कहाँ जा रहा था, मयूरी की कही बातें उसके कानों में गूँज रही थीं। आज उसे ख़ुद से घिन्न आ रही थी, मन में हज़ार सवाल और उन सवालों के जवाब दोनों दौड़ रहे थे।

''मुझसे जो भी होता था मैं तो करता ही था, मुझे नहीं पता था मयूरी कि तुम्हारी ख़्वाहिशें इतनी बढ़ जायेंगी और अपनी उन ख़्वाहिशों को पूरा करने के लिए तुम इस हद तक गिर जाओगी। अब तक तुम्हारे लिए मैं सबकुछ करता रहा, तुम ही मेरा सबकुछ, मेरी ज़िन्दगी थीं, लेकिन अब किसके लिए? किसके लिए मैं ज़िन्दा रहूँ? मेरा मर जाना ही अच्छा है। यही सब सोचता मोहन रेलवे स्टेशन के क़रीब पहुँच गया, उसने यह बात पक्की कर ली कि अब वह ख़ुदकुशी कर लेगा। स्टेशन के आगे वह एक रेलवे लाइन पर जाकर खड़ा हो ट्रेन आने का इंतज़ार करने लगा। दोनों आँखें झरने-सी बह रही थीं, मन में तमाम सवाल उठने लगे थे, सामने से तेज़ रफ़्तार से एक ट्रेन आती दिखी। कहते हैं जब आदमी ख़ुद

को मौत के बहुत क़रीब महसूस करने लगता है तो ज़िन्दगी से मोह और भी बढ़ जाता है। अचानक मन में एक सवाल दौड़ गया-

"क्या मयूरी सच में ऐसा क़दम उठा सकती है?"

फिर अगले ही पल मन ने ख़ुद जवाब दिया-

"नहीं, मयूरी को मैं सात सालों से जानता हूँ। उसे तो कभी किसी चीज़ की चाहत ही नहीं थी, उसने जो कुछ भी क़दम उठाया वह मेरे और गोलू की ख़ुशी के लिए उठाया।" यह सब सोचते-सोचते ट्रेन और क़रीब आ गयी।

"सच ही तो कह रही थी मयूरी, क्या दिया है आजतक मैंने उसको? बस जो मैंने कहा उसने चुपचाप मान लिया। उसने मेरी बातों पर ख़ुद से ज़्यादा भरोसा किया लेकिन जब आज वो मुझसे कह रही है कि वह ग़लत नहीं है, तो मैं क्यूँ उसपर भरोसा नहीं कर सकता? मेरी मयूरी यातनाएँ झेल सकती है, लेकिन कभी ग़लत क़दम नहीं उठा सकती। मैनेजर ही कमीना है, उसी ने मेरी मयूरी से ज़बरदस्ती की होगी। बेचारी मजबूरी में उसका विरोध भी न कर पायी होगी और मैं मर गया तो वह और भी बेसहारा और मजबूर हो जायेगी, फिर मैनेजर ही क्या कई लोग उसकी मजबूरी का फ़ायदा उठाते फिरेंगे। नहीं, मैं नहीं मर सकता।" ट्रेन के हॉर्न की तेज़ आवाज़ उसके कानों में पड़ी और वह उस पटरी से कूदकर दूसरे पार जाकर खड़ा हो गया, ट्रेन उसके आँखों के सामने ही तेज़ रफ़्तार से गुज़र गयी। मोहन फिर रो पड़ा और वहीं पास की एक पटरी पर बैठकर ख़यालों में खोकर पत्थर हो गया।

इन सब बातों में भोर हो गयी, मोहन अब तक घर न आया तो मयूरी की बेचैनी बढ़ने लगी।

"कहीं मोहन ने ख़ुदकुशी तो नहीं कर ली?" यह बात उसके मन में बिजली की भाँति दौड़ पड़ी। वह बौखलाई-सी गोलू को गोदी में उठाये मोहन को ढूँढ़ने घर से निकल पड़ी।

मयूरी की आँखों से लगातार आँसू बह रहे थे। रोते-रोते दोनों गाल लाल हो गये थे। सुबह-सुबह सड़क पर इक्का-दुक्का लोग ही नज़र आ रहे थे, वह हर किसी को मोहन की रूपरेखा बता उसके विषय में पूछती सड़क पर आगे बढ़ती जा रही थी। लेकिन किसी को मोहन के बारे में नहीं पता था, वह ख़ुद को कोसने लगी। वह ख़ुद से ख़ुद को ही जली-कटी बकने लगी; गोलू एकटक अपनी माँ

को आश्चर्य से देख रहा था।

''हे भगवान, अब तेरा ही भरोसा है, तू तो सबका रखवाला है। आज अगर मेरे भगवान मुझे छोड़कर चले गये तो मैं ख़ुद को कभी माफ़ नहीं कर पाऊँगी, मैं किस मुँह से मोहन के माँ-बाबूजी का सामना करूँगी।'' मयूरी मन ही मन भगवान से प्रार्थना करने लगी।

रोते-रोते वह स्टेशन के पास पहुँच गयी, लगभग भोर हो चुकी थी। सुबह के हल्के-हल्के प्रकाश में दूर तक साफ़ दिखाई देने लगा था। मयूरी की नज़र स्टेशन से दूर पटरी पर गयी तो मोहन सिर झुकाये पटरी पर बैठा था, उस पर निगाह पड़ते ही मयूरी फफक पड़ी। वह गोलू को सँभालते हुए कंकरीली पटरी पर उतरी और मोहन की तरफ़ बढ़ गयी। मोहन के क़रीब पहुँचते ही मयूरी रोते हुए बोली-

''आप यहाँ क्या कर रहे हैं?''

मोहन के कानों में मयूरी की आवाज़ पड़ी तो वह जैसे नींद से जाग उठा, उसने नज़रें उठाकर मयूरी की ओर देखा। उस वक़्त उगते सूरज और मोहन की आँखों में कोई फ़र्क़ नहीं था, मयूरी को सामने देखते ही मोहन बिफर पड़ा। मयूरी भी गोलू को वहीं पास में खड़ा कर मोहन के पास बैठ उससे लिपटकर फूट-फूटकर रोने लगी, मोहन ने कसकर उसको अपनी बाहों में भर लिया।

''मुझे माफ़ कर दो मयूरी मैंने तुम पर शक किया।''

''आपकी कोई ग़लती नहीं है, आपकी जगह मैं होती तो मैं भी शायद यही करती।'' मयूरी ने भी रोते हुए कहा।

''नहीं मयूरी, तुमने जीवन के हर क़दम पर मेरा साथ दिया, मुझपर भरोसा किया, लेकिन मैं तुम्हारी एक बात पर भरोसा नहीं कर सका।''

''कैसे करते आप मुझपर भरोसा? आख़िर आपने तो अपनी आँखों से मुझे मैनेजर की बाँहो में देखा था, लेकिन मैं सच कह रही हूँ, मैं आज भी सिर्फ़ और सिर्फ़ आपकी हूँ।''

''बस करो मयूरी, मुझे और शर्मिंदा न करो, मुझे तुम पर पूरा भरोसा है। दुःख सिर्फ़ इस बात का है कि मैं चाहकर भी तुम्हें और गोलू को वो ख़ुशियाँ नहीं दे पा रहा हूँ, जो तुम चाहती हो। तुम चिंता मत करो मयूरी मैं अब और भी मेहनत

करूँगा और तुम्हारी सारी ख़ुशियाँ पूरी करूँगा।''

''मुझे कुछ भी नहीं चाहिए। मेरी ख़ुशी तो सिर्फ़ आपकी ख़ुशियों में है लेकिन मैं चाहती हूँ कि गोलू अपने सपनों से समझौता न करे, उसे सबकुछ मिले। जब सारे बच्चे स्कूल जाते हैं तो मेरा भी मन करता है कि मेरा गोलू भी स्कूल जाये।'' यह कह मयूरी ने गोलू को पास बुलाया और गोलू को गले से लगा लिया।

''हमारा गोलू ज़रूर स्कूल जायेगा मयूरी।'' मोहन ने मयूरी और गोलू दोनों को एक साथ अपनी बाहों में भर लिया।

कुछ देर तक मोहन और मयूरी एक-दूसरे से यूँ ही लिपटे रहे।

''अब ऐसे ही बैठे रहेंगे या घर भी चलेंगे?'' बहुत तेज़ भूख लगी है मुझे, गोलू ने भी सुबह से कुछ नहीं खाया है।'' मयूरी, मोहन की बाहों में लिपटी हुई बोली।

''हाँ मयूरी भूख तो मुझे भी बहुत लगी है, चलो किसी दुकान पर चाय-बिस्किट खाते हैं फिर घर चलेंगे।

सुबह भोर के सर्द मौसम में मोहन मयूरी को लेकर एक चाय की दुकान पर चाय पीने पहुँचा। एक टेबल पर मोहन मयूरी और गोलू बैठे, मोहन ने चाय का ऑर्डर दिया, उस चाय की छोटी-सी टपरी में रेडियो पर धीमी आवाज़ में फ़िल्म 'शोर' का गीत बज रहा था-

''कुछ पा कर खोना है, कुछ खोकर पाना है।
जीवन का मतलब तो, आना और जाना है।''

मयूरी, मोहन की तरफ़ आँखों में आँसू भरे देखने लगी, मोहन भी उसे देखकर रोने लगा जैसे दोनों आगामी जीवन में एक दूसरे से वफ़ादारी की क़स्में खा रहें हों। तब तक मुकेश और लता जी के गीत का अगला अंतरा उस रेडियो में बजा-

''तू धार है नदिया की, मैं तेरा किनारा हूँ।

तू मेरा सहारा है, मैं तेरा सहारा हूँ।''

मोहन ने मयूरी के एक हाथ को पकड़कर अपने दोनों हाथों की हथेलियों की बीच रख लिया और मयूरी की रोती हुई आँखों में देखते हुए जैसे वो कह रहा हो कि ''मयूरी अब पूरे जीवन में मैं तुम्हें कभी कोई तकलीफ़ नहीं होने दूँगा।''

दोनों एक-दूसरे से आँखों ही आँखों में क़स्में-वादे करते रहे। पीछे गाना चलता रहा-

''ज़िन्दगी और कुछ भी नहीं, तेरी मेरी कहानी है।

एक प्यार का नग़्मा है, मौजों की रवानी है।''